zwischen-europa-erzählt

AF189150

Alina Malinova

Ainos Traum

Erzählung

Malinova, Alina: Ainos Traum. Erzählung
/ von Alina Malinova,
Herstellung und Verlag: BoD – Books on Demand
Norderstedt, 2018
ISBN 978-3-7460-9426-7

„Was denkst du zwischen zwei Atemzügen?"
„Nichts, an was sollte ich denken?" „Dass es
bald vorbei ist, vielleicht?" „Dann kommt
gleich der nächste." „Und wenn ich es nicht
mehr möchte?" „Dann musst du dich
entscheiden ..."

Ich bin über das Johannisfeuer gesprungen. Obwohl ich panische Angst davor hatte. Auch dabei hat mir Aino geholfen. Vor wie vielen Männern bin ich in die Knie gegangen, wie oft an kalten Mauern gestanden, um dabei nicht den Halt zu verlieren? Ich weiß es nicht. Nur die wenigsten haben mich mitgenommen. Irgendwohin. Die Orte sind ohnehin immer die gleichen. Schon bald habe ich aufgehört, mir für jedes Mal ein Zeichen zu setzen - kurze, tiefe Messerschnitte in Armen und Beinen. Aino hat es mir verboten. Weil es unsinnig ist, sich darüber Rechenschaft abzulegen. Wie oft bin ich mit den Jungs unserer Clique im dicken Zigarettennebel zusammen gesessen (die Musik dröhnte aus den Radioboxen, Alkohol und anderes kreisten), unter wie vielen von ihnen habe ich auf jener alten Matratze gelegen? Auch das habe ich vergessen. Wie oft habe ich ... Nein, ich bin nie so stark wie Aino gewesen. Sie, dieses seltsam starke und doch so verletzliche Mädchen, die oft stundenlang mit Kieselsteinen um sich werfen konnte, wenn sich die Welt nicht nach ihren Wünschen drehte: links, rechts, in die Luft, ins Meer ... auf uns alle, die wir uns dann nur ducken und in Sicherheit bringen konnten. Steinchen um Steinchen: größere, kleine – fielen sie ins Meer, zogen sie wachsende Kreise: „Wenn wir alle Wassertröpfchen wären, ein Meer voller Tränen, und ein Mensch käme, einen Stein zu werfen, dann ...“ „Was dann?“ „Ach, nichts ...“ Wir lachten: über Aino, ihre manchmal seltsamen Gedanken, Vorstellungen, Bilder und Träume. ‚Die Philosophin’, wie alle sie nannten. Nicht nur, weil sie solche Weisheiten von sich gab, nein: Aino ging zur Schule! Ohne dass sie jemand dazu zwang oder überredete. Nein, weil sie selbst es so wollte! Mit allen Konsequenzen, die dies bedeutete: kein Vodka (obwohl er warm macht), kein Kleber (der doch auf andere Weise das Leben erleichtert), kein ... „Das macht dumm!“ Wir lachten. Nur Zigaretten in Schachteln, eine nach der anderen – beim Lesen, Lernen, Hausaufgaben machen. Im Schulklo manchmal auch und dies sogar zwischen den Stunden. Skandal. Fast wäre sie deshalb von der Schule geflogen. Doch nein: Ihre Noten sprachen für sie. Nur ein Verweis also, eine energische Rüge vor versammelter Klasse. Hätten sie jedoch gewusst, dass diese Musterschülerin nach dem Unterricht am Bahnhof stand (oder auch anderswo, wo man(n) sie erwartete) und ... arbeitete, dann ... dann hätten sie sie auf der Stelle hinausgeworfen. Aber wie konnten sie denn ahnen, dass wir alle auf der Straße lebten, in alten leer stehenden Häusern, Schuppen oder winters in Unterführungen bei den Fernwärmerohren und auf eben solche Weise unser Leben erkämpften. Nicht weil wir es unbedingt wollten, sondern ... nun ja, weil wir keine andere Wahl hatten; oder keine, die passte ... Aino hat mich auf der Straße aufgegabelt, als ich schon aufgegeben hatte. Ein grauer Oktoberabend, Regen, der sich im Wechsel mit Schnee vermischte. Schon der zweite Tag, den ich allein durch Tallinn irrte – ohne Geld, ohne Hoffnung. Ohne Perspektive. Ein eisiger Wind blies durch die Straßen, trieb mich vor sich her, wenn ich mit ihm ging, hielt mich fern, wenn ich mich gegen ihn stemmte. Wieder eine Nacht, die mir Draußen ohne feste Bleibe drohte. Irgendwo. Nirgendwo. Gestern war alles noch erträglich gewesen. (Wenn man in dieser Sache überhaupt von mehr oder weniger erträglich sprechen kann.) Trockener zumindest. Ohne Sturm und Regen. Der Reiz des Neuen und in meinem bisherigen Leben Unerhörten, der wie eine Droge wirkte und mich immer weitertrieb, ein kleiner Schutzengel hinter mir, der mich sicher durch die Nacht manövrierte. Feuertaufe bestanden, hatte ich gedacht, als es Morgen wurde, die Geschäfte in der Stadt öffneten, und ich mich müde und doch auch merkwürdig aufgedreht auf eine etwas ruhigere Bank in der Altstadt setzte, ein Croissant kaute, mir den Tag überlegte und in mich hineinlachte, als mir einfiel, dass ich daheim in der Schule gerade Mathematik hätte. Sogar flüchtige Kontakte, die ich in den folgenden Stunden auf der Straße oder anderswo knüpfte. Einfach so. Das Leben ist leicht, frei ... Dann kam der Regen, der Wind, das langsame, aber unerbittliche Bewusstsein, dass ich hier in Tallinn keinen Platz kannte, an dem ich die folgende Nacht verbringen könnte. Das Dämmerlicht gnadenlos fortschreitender Stunden, halbwegs sichere Zufluchts- orte, die einer nach dem anderen schließen. Dich ausschließen. Angst bleibt, die nicht nur aus nächtlicher Dunkelheit geboren. Misstrauen. Szenen, die eigentlich zum Lachen, dich jetzt in Panik versetzen. „Halt an, Mädchen ..." Die Schrittfolge erhöhen, ja in Trab übergehen. Er folgt deinem Eilen, holt dich ein, bleibt vor dir stehen, eine Tafel Nuss-Schokolade in der Hand ... drängt sie dir auf, als du sie nicht annehmen möchtest ... ein paar Schritte nebeneinander gehen ... bis zur nächsten Kreuzung ... wortlos sieht er dich an ... den Blick nicht erwidern ... dann trennen sich die Wege. „Gute Nacht, Mädchen." „Gute Nacht", nur reflektorisch erwidern. Sonst nichts. Ich will nicht verstehen ... sträube mich dagegen ... (Bin ich schon so weit gekommen? An meinem zweiten Tag?) ... warten, bis ich ihn endgültig in der Weite verschwinden sehe ... eine Schokoladentafel in der Hand ... sie hin und her wenden ... überlegen ... sie heldenhaft auf den Bordstein legen ... sich in die Gegenrichtung wenden ... Wie spät ist es schon geworden? ... Weiter, so schwer es auch fällt; irgendwie versuchen, wieder etwas Zeit bis zum nächsten Morgen festzuhalten, ins Trockene zu kommen, dort zu bleiben, ins Warme ... diese blöde Schokolade will mir nicht aus dem Sinn gehen ('Nuss magst du doch eh nicht, Julija!!!' Aber ... seit, dem Croissant heute Morgen habe ich nichts mehr gegessen!). Einen Becher Kaffee so langsam es nur geht trinken ... winzige Schlückchen, den nächsten gar nur vortäuschen ... Fake-Schlücke ... einen Nachschlag kann ich mir nicht leisten. (Und sich von einer der verlorenen Gestalten um mich herum einladen zu lassen - dazu bin ich damals noch nicht soweit gewesen.) Nicht eindösen ... den Kopf immer schön aufrecht halten, als würde ich wirklich mein Buch lesen. Nicht vergessen, in plausiblen Abständen, die Seite umzublättern, den Becher an die Lippen zu führen ... es doch nicht durchhalten ... plötzlich die Hand des Securitymannes auf der Schulter spüren: „Geh heim, Kleines, hier ist kein Ort zum Schlafen! Soll ich dir ein Taxi rufen?" „Danke, nicht nötig, mein Boy kommt gleich ... sein Auto wird wohl wieder nicht angesprungen sein, ist ein alter Karren ..." „Verstehe ..." Ein Lächeln zusammenbringen, Verständnis suchend, bittend. (Man hätte es auch anders auffassen können!) Trotzdem darf ich nicht bleiben. Also aufstehen, den Kaffeebecher austrinken und an den dafür vorgesehenen Platz stellen, wieder in das dunkle, windige Herbstnass hinaus treten.

Wohin sich noch wenden? Nirgendwohin. Quer über die Straße gehen ... anhalten ... in der Tasche kramen, als wollte ich etwas suchen ... nichts ... nur Verzweiflung, Angst und Panik. Späte Gestalten, die an dir vorüber eilen ... dich nicht beachten oder Blicke auf dich werfen, die niemand gleichgültig nennen könnte ... deinen Blick auf den Boden richten ... jegliche Art von Blickkontakt vermeiden ... mit möglichst selbstsicher wirkendem Schritt an den Grüppchen vorübergehen, die vielleicht sogar über dich reden. Erst jetzt begriff ich, warum die meisten Mädchen in vergleichbarer Lage nicht alleine sein wollten, in Gruppen oder zumindest in Begleitung gingen, manchmal trennten sie ein paar Meter von-einander, wenn sie Passanten ansprachen; beständiger Blickkontakt, den sie dann unauffällig tauschten, manche von ihnen trugen gar ein Handy mit sich, das sie schnell aus ihren Taschen oder zuweilen sogar BHs zogen, wenn sie angerufen wurden. Gemeinsam bist du stark oder stärker als die anderen. Lektion eins meines neuen Lebens. Sicherer. Wie lange kannst du allein überleben? In einer fremden Großstadt, ohne Freunde oder Bekannte, von denen du nicht sofort zurückgeschickt werden würdest; ohne den Mut aufzubringen, irgend-jemanden anzusprechen, geschweige denn um Hilfe zu bitten. Stillstand. Nicht mehr weiter wissen ... auf ein Wunder warten ... und doch schon lange nicht mehr an ein solches glauben ... resignieren ... innerlich sich schon aufgegeben haben ... Tallinn – Endstation, bitte alles aussteigen. Reglos an einer mir namenlosen Straßenecke stehen (sich die Straßennamen zu merken, hatte ich schon längst aufgegeben), das Geschehen oder Nicht-geschehen um sich beobachten, ohne es wirklich wahrzunehmen; sich hinkauern, wenn nicht nur die Beine zu schwer werden, einen Moment in der Hocke verharren, einen zweiten, dritten, wieder aufstehen, ein paar Schritte weitergehen, sogleich jedoch erneut anhalten, sich unschlüssig umdrehen. (Zurückgehen? Nein! Oder doch? Also, was jetzt!?)Sich bis zur nächsten Kreuzung schleppen, sich an ein schon krummes Verkehrsschild lehnen, die Kälte der Reglosigkeit in sich aufsteigen fühlen. Die Leere. Wäre es nicht am Besten, einfach ewig stehen zu bleiben?

Wie lange ich schon im Halbdunkeln jener Straßenecke stand, weiß ich nicht mehr. Wie lange mich Aino beobachtet hatte, auch das kann ich nicht sagen. Zehn Minuten? Eine halbe Stunde? Vielleicht kam sie aber auch gerade erst um die Ecke, irgendwelche Vokabeln vor sich hersagend, wie sie es immer tat, oder Formeln und andere Sachen ... „So geht das nicht!" Erschrocken blickte ich auf und sah in das Gesicht eines fremden Mädchens: kein Kindergesicht mehr, doch auch noch nicht erwachsen; irgendwo dazwischen; spindel-dürr, lange blonde Haare, die zu einem dicken Zopf verflochten waren, ein Augenpaar, das mich unverhohlen von oben bis unten musterte und schließlich auf meinem Gesicht verharrte: „Du bist nicht von hier." Ich nickte: „Aus Narva." „Das meine ich nicht. Alleine?" Ich nickte von neuem, auch wenn ich Angst hatte und diesem Verhör am liebsten entkommen wäre. „Ich verstehe." Ihre Schuhe zeichneten Kreise. „Willst du mitkommen?" „Wohin?" „Zu mir." Ich zögerte. Sicher waren es Ewigkeiten. „Also, bis morgen will ich hier nicht warten!" „Mhm ..." Und als wir schon mehrere Minuten schweigend durch die Stadt gegangen waren, wie beiläufig: „Ich bin Aino. Und du?" „Julija." Mehr nicht. Wortlos gingen wir weiter.

*

Tallinn ist groß. Viel größer als ich bis dahin gedacht und von Besuchen gekannt hatte: ein einziges Wirrwarr aus Straßen und Gassen, das mich nicht nur in den ersten Tagen meiner neuen ‚Freiheit' verwirrte. Links, rechts, hinein, hinaus aus der späten Menge; Kreuzungen, Ampeln, Unterführungen, nicht nach rechts blicken, nach links nicht, mitten durch die Stadt, einem Fisch gleich (wie Aino später einmal sagte). Wieselflink. Ich konnte ihr nur mit Mühen folgen. Minuten, eine halbe Stunde, ich weiß es nicht, alles drehte sich in meinem Kopf in schnellen Kreisen. Tallinn, hinein, hinaus, schließlich brachte sie mich in einem leer stehenden Haus unter, musterte mich von neuem und kramte aus einer nagelaufgehängten Tasche irgendwelche trockene Kleidungsstücke hervor: „Da, zieh' das an, sonst wirst du mir nur krank noch, so durchnässt wie du bist." Und als ich zögerte: „Du bist mir eine ... ich geh' schon." Draußen zündete sie sich eine Zigarette an, der Rauch schlängelte sich durch die fehlende Türe. Was tun? Weglaufen? Bleiben? Bei diesem seltsamen Mädchen? (Was wollte sie von mir? Mich?) Aber was wäre die Alternative? Augenblicke. Zweifel. Schwanken. So schnell ich konnte, zog ich mich um. Das fremde Mädchen lachte: „Darf ich jetzt kommen." „Mhm." In der folgenden Nacht überließ sie mir ihre Decke und rollte sich katzengleich in einer Ecke zusammen. Ahnte sie doch, dass ich fortgelaufen wäre, hätte sie von mir verlangt, dass ich ihre Decke teilte. Eine Nacht, in der ich vor Angst kein Auge zudrückte, mich stundenlang von einer Seite auf die andere wälzte und nur darauf wartete, dass etwas geschähe. Aber es geschah nichts. Stunden. Oder doch nur Minuten? Schließlich muss ich doch eingeschlafen sein. Denn als ich am nächsten

Morgen spät aufwachte, war Aino schon längst aufgestanden und verschwunden. Irgendwohin. Nur ein Stück Brot und eine Packung Kekse lag neben mir auf dem Boden, dazu eine Thermoskanne mit heißem Wasser. Stunden, die ich hier allein in dem düster feuchten Raum verbrachte und vor mich hindämmerte, hatte ich doch die letzten Tage kaum eine Minute geschlafen. Erst am frühen Abend kam Aino wieder, nur um sich wenig später wortlos in die Ecke zu kauern und weiter zu lernen. Eine Woche ging das so. Sieben Tage, in denen ich mich vor lauter Angst, nicht mehr zurückzufinden, kaum traute, weiter als nur auf Sichtweite von meiner neuen Heimat wegzugehen, stumpfsinnig auf die Wand gegenüber starrte, jenes Brot neben mir kaute, das mir Aino Morgen um Morgen hinlegte, mich an dem warmen Teewasser wärmte und auf meine Gastgeberin wartete, die schließlich nach langen Stunden des Wartens zu mir zurückkam, mich einen Augenblick verdutzt anstarrte, ihren Rucksack auf den Boden stellte, eine Plastiktüte daneben, in der sie unser Essen und andere Schätze transportierte, sich wie eine Katze streckte, wie selbstverständlich all ihre Kleider abstreifte, ganz so, als wäre ich nicht da und als gäbe es keine Kälte, einen Schwamm vom Haken nahm, ein Stück Seife aus der Tasche, zu jenem immer wie von Geisterhand mit Wasser gefüllten Blecheimer in der Ecke trat und sich von oben bis unten abschrubbte. Ein Ritual, das sich allabendlich wiederholte. Und wenn diese fünf Minuten verstrichen waren, dieses Mädchen wieder in Hüllen verpackt durch den Raum zu mir eilte, die Tüte in der Hand, ein Lächeln auf den Lippen: „So jetzt bin ich wieder ein Mensch. Jetzt bin ich Aino! Wie geht es dir?" „Danke, in Ordnung." Sie lachte, breitete feierlich ihr grünes Tuch zwischen uns aus, holte aus dem Rucksack einen Teller, ein Messer, Brot, manchmal etwas Wurst und Käse. „Bitteschön, bedien' dich." Schnell hatte ich gelernt, dass sich zu zieren nichts brachte. Minuten, die wir uns kauend gegenüber saßen, ich sie heimlich beobachtete, in ihr zu lesen versuchte und doch nach den ersten Buchstaben scheiterte. Ein paar Worte, die wir wechselten. Viel hat keine von uns beiden gesprochen – ein paar Sätze vielleicht am Abend, dann räumte sie auf, faltete das Tischtuch auf Sitzgrößenfläche zusammen, setzte sich im Schneidersitz darauf und begann, den Rücken mir zugewandt, zu lesen, schreiben oder zu lernen. Ganz so, als ob ich Luft für sie wäre. Wenn es schließlich zu dunkel war, um weiter zu arbeiten, ordnete sie sorgsam ihre Bücher, Stifte und Hefte in ihren immer übervollen Rucksack ein, schloss den Reißverschluss und rollte sich mit dem Kopf auf ihm zusammen. Nach Minuten schien sie zu schlafen. Und ich drehte mich gequält von Erinnerungen, ungeteilten Gedanken und so vielen offenen Fragen noch Stunden unter ihrer Decke von einer Seite zur anderen. Tagelang ging das so. Keine Frage, wie lange ich noch zu bleiben gedächte, kein Vorwurf, dass ich nun schon seit Tagen auf ihre Kosten lebte, ihr Essen aß, nicht einmal ihre Decke mit ihr teilte. Nichts wollte sie von mir wissen, noch viel weniger von sich erzählen. Tage. Ich traute mich jetzt schon viel weiter aus Kopli hinaus Richtung Tallinn oder – am Meer entlang – fast bis Rocca al mare. Ein zielloses Herumstreichen nur, sich Umschauen: unbekannte Menschen, die mir manchmal im Vorübergehen ein nur beiläufiges „Tere, tere" oder „Hallo" sagten, das Meer, die Möwen, die beständig zwischen Wellen und Wolken kreischten, meine Gedanken zerschrien, noch ehe sie fertig gesponnen waren. Der Wind, ich, ein ganzer Tag vor mir, ich wusste nicht, wo zu denken anfangen, so vieles gab es, das plötzlich und immer wieder in mir aufschrie, rumorte, mich auch hier noch beständig quälte: *die Flaschen, überall, wenn Mama wieder ihre Krankheitsphase hatte, nur trank, trank und trank; Flasche um Flasche ... und mir nichts anderes blieb, als an der Türe zu stehen, sie anzuschauen und zu warten, was weiter oder gar nicht geschähe; zu hoffen, es wäre bald vorüber; zu wissen, dass es so nicht käme; mich zu verkriechen und mir eine Wand aus Hoffnung, Verzweiflung und Träumen zu zimmern, die mich von diesem Totenraum trennen könnte oder die Wirklichkeit relativierte. Jahre. Ich konnte mich schon gar nicht mehr daran erinnern, dass es anders sein könnte. Ein Schwanken zwischen Phasen von Alkohol und Tabletten, die beide Gleiches bewirken sollten, nämlich Vergessen. Und nicht nur Mamas Leben zerstörten. Phasen des Wahnsinns, der Flucht, des Nichtfliehenkönnens; der Angst, Einsamkeit. Und doch immer auch noch des Verbundenheitsgefühls mit Mama ... oder* der *Mama, wie sie in meinen frühesten Erinnerungen und Träumen gewesen war und weiter sein könnte; des Hungers, der Not (alles fehlte!), des Ausgegrenztseins nicht nur in der Schule; der Hänseleien der anderen Kinder; des Zurückge-stoßenwerdens. So war ich wie von selbst zu einer Einzelgängerin geworden – in einer Welt, die keiner verstand, verstehen konnte und sollte. Die Fata Morgana einer heilen Welt, die ich mir erdachte, um sie mir und anderen erzählen zu können: Wie sie sein könnte, war und sein würde ... dann, wenn Mama wieder gesund wäre, und wir zu leben begännen. Jahre. Ich kämpfte mich irgendwie durch Schule und Leben – alleine, ohne Freude an beidem. Kindheitsjahre, wozu sie erzählen? Später waren auch Mamas ,Freunde'*

Gäste unseres dunklen Zimmers gewesen. Oft waren sie über Nacht geblieben. Und wenn sie blieben, blieb für das ungeliebte Störtjetztkind Julija nur ein Platz in dem von Zeit und Not fast gänzlich seines Inhalts entleerten Kleiderschrank, durch dessen Ritzen nicht nur Luft in das Innere drang. Wochen so. Die Gäste wechselten, ihre Motive nicht, der Schrank war schon längst mein Zuhause geworden. Ein kleines Reich – meines. Den Schlüssel nahm ich mit in die Schule. Ein tägliches Spiel. Nur manchmal, wenn keiner der unbekannten Bekannten da war, hatte ich Mama alleine. Oder auch nicht. Dafür fehlten an solchen Tagen die sonst von den Gästen mitgebrachten Tüten mit Flüssigem und Essbarem, von dessen Resten ich mich am nächsten Morgen bediente, wenn beide noch schliefen. Tag – Nacht ... immer das Gleiche. Und dazwischen: Tage voll Reue, immer dann, wenn Mama wieder ,im Leben war', mich umarmte, festhielt, knuddelte und mir felsenfest versprach, ab jetzt immer und immer trocken zu bleiben, nie mehr Tabletten zu nehmen und nur noch für mich da zu sein, die letzte versteckte Flasche feierlich vor mir in den Abguss goss oder die letzten Tabletten in den Müllcontainer versenkte. Hoffnung. Auch für mich. Fata Morganas doch nur, wusste ich doch allzu gut, in ein paar Tagen (oder spätestens zwei Wochen) wäre alles wie vordem. Oder gar noch schlimmer. Aber Hoffnung ist Hoffnung. Sie lässt sich nicht vertreiben. Und Ent-Täuschung ein Anschlag gegen dein Leben. Leben – Nichtleben. Zwei Leben. Irgendwann hatte einer der Betrunkenen an der Schranktür gerüttelt, sie aufgebrochen, ich wehrte mich mit Händen und Füßen, biss, kratzte, schlug um mich ... wie durch ein Wunder ließ er von mir. Vielleicht war er zu betrunken gewesen, zu überrascht ob des Widerstandes von meiner Seite ...

oder Mama war einen Augenblick lang nüchtern geworden und hatte sich zwischen ihn und ihre Tochter geworfen. Ich weiß es nicht. Einerlei. Flucht – hinaus ins Treppenhaus, meine Decke schleifte ich hinter mir, auf dem Treppenabsatz verbrachte ich frierend die folgenden Stunden, verängstigt zusammengekauert, sobald Schritte hallten, eine Tür aufging, die fragenden und doch oft allzu gut wissenden Gestalten an mir vorbei die Stufen hinauf oder hinunter huschten. Früh morgens, als alles noch schlief, ging ich ins Zimmer zurück, schnell streifte ich mir Kleidungsstück um Kleidungsstück über, die festen Schuhe in die Hand, ich wollte sie erst draußen anziehen, und nahm Geld aus dem Portemonnaie dieses Mannes, der sich ahnungslos auf Mamas Brust seinen doppelten Rausch auszuschlafen bemühte. Warum ich es nahm? Um Geld für das, was mir jetzt nur noch blieb, zu haben? Nur dafür? Oder anders: Um einen Grund zu haben, nicht mehr zurückkehren zu können, auch wenn ich es später vielleicht wollte? Ich weiß es nicht. Nur dass es nicht viel war. Viel weniger, als ich eigentlich brauchte. Oder gerade genug, um ein Ticket für den Bus zu bezahlen. „Tallinn", die Frau, die mir den Fahrschein reichte, musterte mich von oben bis unten. „Ich besuche eine Tante", versuchte ich möglichst selbstverständlich zu ergänzen. Sie nickte. Wenig später begann diese irrwitzige Reise aus einem Nichts in ein zweites, von dem ich nur träumte, es könnte besser werden ... und inicht einmal ahnte, wie es beginnen, weitergehen, enden, wie es in Wirklichkeit sein würde. Nur weg, Tallinn, die große Stadt, die schon immer der Inbegriff meines Traumes eines besseren Lebens gewesen war, weg ... ohne zu denken, oder nur das eine: Schlimmer könnte es nicht werden!

Gedankenketten – das Meer schlug geschäftig an die Felsen, zog sich wieder zurück, um in neuer Kraft Gleiches zu erleben. Stunden, die ich jetzt schon am Wasser verbrachte. Ich, Gedankenketten: gestern, jetzt, morgen – wie könnte es sein – alles durcheinander, die Sonne wanderte am Himmel weiter und weiter. Wie spät es wohl sein mochte? Als ich endlich aufstand, begann es bereits, dämmrig zu werden. Die Möwen kreischten schon lange nicht mehr, die Sonne hatte sich schon minutenlang im Westmeer verloren. Zurückgehen, zu Aino, nach Hause ... Schritt vor Schritt, links, rechts, nach hundert achtundsiebzig musste ich nach links abbiegen, nach noch einmal dreihundert zwei nach rechts, dann geradeaus ... immer weiter ...

Aino saß auf der Straße, Steinchen und Steine um sich werfend und lautlos ihre Lippen bewegend, als ich endlich bei ihr ankam. Ein kleiner Tiger, zum Sprung bereit, sie schien fast zu explodieren: „Wo warst du?" „Ich bin herumgelaufen, am Meer ..." Ein Wortsturm, der als Antwort über mich hinwegfegte. So viel hatte Aino in der ganzen Zeit, die wir uns jetzt schon kannten, noch nicht geredet: „Hier allein herum zulaufen ist gefährlich!" „Warum?" „Warum?! ... Was denkst du ist, wenn *die* dich kriegen!" „Wer?" „Wer????!!! Grünschnabel. Warum bist du überhaupt weggegangen?" Ich überlegte, wollte ihr die Wahrheit nicht sagen, nicht sagen, dass ich mit mir selbst nicht mehr klar kam, dass mich all das Vergangene immer weiter verfolgte, dass ich nicht wusste, wie es mit mir weiter gehen sollte ... „Mir war langweilig." Aino sah mich an, nickte. Seltsam, dass sie nicht in einen neuen Wutsturm ausbrach, noch mehr Steinchen auf die Fahrspur schleuderte. „Entschuldigung ... ich verstehe." Schweigend stand sie auf, das Tuch mit unserem Abendessen war schon wie selbstverständlich gerichtet, Aino saß nur da, ohne etwas zu nehmen. So sehr ich sie auch bat und drängte. „Ess' doch auch was." „Ich habe schon!" Natürlich wussten wir beide, dass es nicht stimmte ... „Ich habe mir Sorgen um dich gemacht, verstehst du?" „Mhm, das musst du nicht." „... ich bin halt so und nicht anders." Schweigend band sie ihren unberührten Anteil in ein Tuch zusammen, packte das Bündel in eine Tüte, die sie auf ein Wandbrett legte, faltete die Decke in gewohnter Weise, brachte alles in ihre Ecke. An diesem Abend lernte sie nicht, nur ihre Augen starrten im Halbdunkel zu mir herüber, ganz so, als wollten sie mich bannen. In ihrem Kopf schienen mir Trillionen unlesbarer Gedanken zu rumoren – Steinkugeln gleich ... oder waren es Eistropfen, die langsam auftauten?

Diese Nacht verbrachten wir zum ersten Mal zusammen unter ihrer grauen Decke. Rücken an Rücken. Mehr nicht. Ich hatte Aino gebeten. Sie hatte gezögert – war es doch jetzt ,meine' Decke – hatte verstanden. Noch lange vor Tagesanbruch stand sie auf, um in die Stadt zu gehen. Wie immer, seit wir uns kannten. Das zugeschnürte Paket von gestern lag neben meinem Kopf, daneben ein Buch und ein Zettel: 'Wenn dir langweilig ist, kannst du ja lesen. Ich komme heute gleich nach der Schule. Aino.' Ein Buch – Vargas Llosas ,Der Geschichtenerzähler'. Warum ausgerechnet dieses? Ich begriff es erst später.

*

An diesem Tag ging ich nicht spazieren, setzte mich vielmehr auf die Türschwelle (ganz so wie Aino es tat, wenn sie da war) und versuchte diese Geschichte zu lesen. Aino zuliebe, nicht weil ich es unbedingt wollte.

Deshalb, weil sie sich wieder ärgern würde, wenn ich auch heute fortginge, sie sich Sorgen machen würde. (Vielleicht aber auch, weil ich merkte, dass Lesen mich auf andere Gedanken brachte.) Kurz nach Mittag kam Aino wie versprochen, am Nachmittag nahm sie mich mit zu den anderen Kindern: „Das ist Julija. Sie ist neu hier und muss sich erst einfinden." Eine seltsame Einführung. Acht Augenpaare, die mich misstrauisch beäugten, am liebsten zerrissen hätten. (So schien es mir zumindest in dieser Sekunde.) Und doch – ich wurde aufgenommen. Oder so gut, wie man eine Neue aufnimmt, die man nicht kennt, nicht wissend, was von ihr zu halten. Alleine hätten sie mich zurückgestoßen, alle, ganz sicher, wenn nicht mehr noch. Aber sie taten es nicht. Weil es Aino war, die mich brachte. Und sie es so wollte. Punkt. Aufgenommen. Bei manchen war es auch zuletzt nur ein Dulden. Die Gruppe – Oksana, Aljona, Leena, Shenja, Jurij und wie die anderen hießen – oder besser Grüppchen, die gemeinsam hier draußen ihre Tage, Nächte, ihr Leben verbrachten: einträchtig, im Streit, gleichgültig den anderen gegenüber, gegeneinander ... Aber darüber wollte ich nicht schreiben. Ist es doch ohnehin schon viel, was ich sage, zu viel ... und viel zu schwer mir, auch noch davon zu reden ...

Nach einer halben Stunde verabschiedete sich Aino von uns: „Bis nachher!", ihren Rucksack ließ sie stehen; nur ein kleines Täschchen, das sie aus ihm herauszog und sich über die Schulter hängte. Drei Stunden später kam sie wieder. Die Kleinen liefen ihr schon von weitem entgegen: „Aino! Aino!" Fast ausgelassen tanzten sie um das Mädchen. Ein, zwei, drei Umarmungen. Dann legte sie ihren Mittelfinger auf die Lippen („Ruhe jetzt!"), packte ihre Tüten aus und verteilte die mitgebrachten Schätze: wortlos, nein, mit passenden Worten für einen

jeden: ein Lob, ein Tadel, ein energisches Zurecht-
weisen, eine Aufmunterung, ein Scherz manchmal. Für
mich nur ein Nicken. Vielleicht weil ich die Älteste war
(wie seltsam das klingt mit gerade einmal sechzehn
Jahren) oder mit Aino einen Raum, ihre Decke teilte.
Vielleicht. Jedenfalls war es mir seit diesem Nachmittag
nicht mehr langweilig. Ja, manchmal hätte ich mir
gewünscht, es wäre wieder ruhiger in meinem Leben.
Aber Aino (oder ‚Mama', wie viele sie nannten) wollte
es nicht. Und wenn sie etwas nicht wollte ... dann ließ
sich nichts machen. Und so wurde ich in ihren Lebens-
plan eingebaut. Als ein Rädchen, das die Aufgabe
übertragen bekommen hatte, ein wenig auf diese halb
verwilderten Wesen aufzupassen, wenn Aino nicht da
war und sie allein gelassen dachte. Ein abstruser
Gedanke eigentlich, dass sie sich in Bahnen lenken
ließen. Ausgerechnet von mir, die doch bislang im Leben
immer nur die Niedrigste der Ranguntersten gewesen
war. Nein, das konnte nicht klappen! Aber den Versuch
war es wert, es zumindest zu probieren. „Weißt du, wir
sind viel mehr hier ... aber die Kleinen brauchen es am
meisten. Du kannst ihnen helfen." (M)Ein Versuch.
Ich ... die Kinder (oder wie man sie nennen will) ... Aino.
Wie oft ich an ihnen und nicht nur an ihnen, ja an der
ganzen Welt, in die ich mich hinein gerettet hatte,
verzweifelte, das muss ich nicht sagen.

*

Ein Winter. Ein kalter estnischer Winter, in dem ich
mit Aino auf der Straße lebte und Dinge erlebte, ertrug
und durchlebte, die ich heute nur noch mit Mühe
verstehe und verstehen möchte. Um zu leben; um Kälte,
Not, Einsamkeit, Angst ... um das Leben zu überleben.
Endlose Frost-Nacht-Tage voll Schnee, Dunkelheit,

Hunger und Frieren. Sichaneinanderschmiegen. Liebe macht warm. Auch das habe ich von Aino gelernt. Von Bogdan. All den anderen etwas älteren Jungen unserer Clique. Wenn es draußen viel zu lange dunkel ist, Schnee und Wind durch die nur behelfsmäßig wintergedichteten Fenster dringt und die scheinbar endlos trübe Stimmung vor der Türe schon dein eigenes Denken zu infizieren beginnt – dann bedurfte es oft nur eines winzigen Funkens, um ein zumindest glimmendes (aber nichtsdestotrotz ein wenig wärmendes oder zumindest ablenkendes) Feuer zu entfachen. Jungen haben es leichter, auch darin, gewiss. Oder auch nicht ... Nur dann sollte man ihnen auf keine Fälle die Laune verderben. Sonst kann es schnell richtig Ärger geben. Ebenso gewiss. Ein Junge, der nicht steht, ist nur ein halber Bursche. Oder noch weniger. Besonders, wenn noch mehr als eine Handvoll anderer Jungen neben ihm warten und das gleiche wie er wollen. Da liegt es an uns Mädchen, die Situation zu entschärfen oder sich ganz bewusst (oder auch ungewollt) bei dem einen oder anderen unbeliebt zu machen. Manchmal wird es dann zu einem Drahtseilakt, um nicht aus Wut oder doch nur Verzweiflung mit Gewalt genommen zu werden. Und so lernte ich gleich beim ersten Mal mit den Grund- auch die Fortgeschrittenenregeln. Guckte sie mir von Aino ab, passte sie an mich an. Auch den kleinen Handel, den wir damit trieben. (Und sei es nur eine zweite Decke oder einen Platz weiter im Inneren, wenn wir bis in die Nacht bei ihnen blieben, schließlich die Kleinen wegschickten – was sie natürlich nie wollten – und Ainos ausgelassenes Lachen, wenn sie, nur von einem Schleier aus Klopapier umhüllt ihren Winter-du-kannst-mich-mal-Elfentanz aufführte. Wenn Bogdan dann seine Gitarre auspackte und wilde Lieder spielte, dann war selbst der dunkelste Winternachtssturm einen Augenblick vergessen. Aino lachte, tanzte und zauberte sich in einen Rausch hinein, der schon fast an Ekstase grenzte: eine Schlange, die mit ihren Verrenkungen alle bannte, sich vergaß, einen Augenblick, zwei, drei, bis sie schließlich, von den Resten ihres Schleiers umweht, scheinbar schwerelos in Bogdans ausgestreckten Armen landete, dort einen Moment verharrte und schließlich, mit seiner Einwilligung, in andere Arme wanderte. Eine Aino, die ich so nicht kannte (und mir niemals hätte vorstellen können), die sich vergaß, mit sich und allen anderen im Raum spielte, mir ein wenig Angst einjagte. Nichtverstehenwollen und -können: „Warum tust du das?" Aino starrte mich an, als ich sie am nächsten Morgen fragte. „Ach, nichts. So ist allen das Leben leichter. Mir, ihnen." Mehr nicht. Ich wusste, dass sie nachgeholfen hatte, um aus sich heraustreten zu können. Dieses Mal. Dass sie sich immer unter Kontrolle hatte, dass sie jedoch ab und an solche Momente des Sichvergessens brauchte. Eine Winternachtsepisode. Mehr nicht. In jenem kalten estnischen Winter, in dem ich alles mit Aino teilte. Auch ihre Arbeit, ‚den Job' wie sie es nannte. Dem Gesetz der Straße konnte (und wollte) ich nicht entgehen. Und so bin auch ich schließlich *dorthin* gegangen. Der ewig kalte Wind in unserer Ecke auf dem Bahnhof, in der wir Nachmittag um Abend standen, wenn uns die Polizisten nicht vertrieben, das Warten, 'Arbeiten', Sichekeln, Abstumpfen. Vielleicht waren diese Gruppen-erlebnisse, von denen ich gerade erzählte, ja das ideale Vorspiel dafür gewesen. Männer, alles was damit zusammen-hängt, wenn sie sich ein Mädchen kaufen ... Harte Zeiten. Verzweiflung, gepaart mit Trotz, Hass und Rachegedanken, die sich viel zu schnell und energisch gegen die anderen da entwickelten, die uns genauso zu brauchen schienen wie wir sie. (Natürlich wollte das keine Seite dieser doch so ungleichen Paare zugeben!) Routine schon fast, die nie Routine werden konnte. Weil Routine Gesetzen unterlegen hätte, die wir nicht haben konnten. Stimmungen, Launen, Tagesform nur, nicht nur auf einer Seite. Und Männer, die als Kunden nie berechenbar waren. Auch wenn du sie schließlich schon kennst, fürchtest, vielleicht sogar magst, dir zumindest theoretisch vorstellen kannst, du könntest sie lieben. Und doch – nur eine Begegnung Minuten zuvor, ein Ärger im Job (oder mit der ‚Richtigen', vor der sie jetzt weg-laufen) und alles ist anders. Über den Haufen geworfen. Dann kannst du alles, was normal richtig wäre, goldrichtig machen ... und dennoch ist es falsch und daneben. Blitzableiter statt Freudenmädchen. Du tust für etwas ganz anderes büßen. Manchmal schaffst du es dennoch, sie wieder zu dir zu ziehen – kleine Tricks, die mir Aino geduldig erklärte, ich mir bei ihr und anderen, die ich bei der gleichen Beschäftigung kennenlernte, abschaute, die wir alle mehr oder weniger gut beherrschen: Alles andere aus dem Jetzt verdrängen, dem Hier einen anderen Namen geben; einen Raum, in dem Draußen draußen bleibt und jetzt hier und jetzt eben: ein Mann – eine Frau, die dies gemeinsam machen. Eine Illusion, die sie gerade gemeinsam oder jeder für sich und viel zu oft auch nur gegeneinander erleben. Mehr nicht. Vielleicht war genau dies die Kunst, die Aino im FF beherrschte: beobachten, die Situation blitzschnell überschlagen, sich ihr wie ein Chamäleon anpassen. Wegen der all die Bauarbeiter, die zwischen-durch einfach nur Entlastung brauchten, schnell in der Mittagspause bei uns vorbeischauten, Halbwüchsige, die auch einmal (oder sogar zum ersten Mal überhaupt) ein

Mädchen berühren und kosten wollten, genauso zu ihr kamen wie all die Müden, Traurigen, Verzweifelten und Niedergeschlagenen, die fast verschämt in einer Ecke standen und warteten, bis Aino auch sie entdeckte, zu ihnen trat ... und später manchmal von ihr gingen, ohne auch nur einen Akt für ihr Geld bekommen zu haben. Nur ein Lächeln, eine sachte, fast unmerkliche Umarmung, einen ihnen tief zugeneigten Kopf, wenn sie ihr erzählten; ihr, einem Mädchen, bei der alles dazu aufrief, besitzen zu wollen ... und doch ... Ainos Glanzszenen. Wenn sie sich ganz zum Schluss an ihn schmiegte und seine Hand selbst auf ihrem Körper führte, war es oft fast, als wollte sie ihn nicht fühlen lassen, dass er nur zu ihr gekommen war, um mit ihr zu reden. Als sollte nur ihr Körper ihn interessieren dürfen, ein Geschenk sein, das sie ihm für sein Geld zur Verfügung stellte und nicht ... ihre Seele. „Du darfst sie nicht demütigen. Sonst tust du ihnen weh ... und sie kommen nicht wieder!" Merkte Aino denn nicht, dass sie gar nicht deswegen gekommen waren? Eine scheinbare Leichtigkeit, die mir viel zu sehr fehlte. Vergessen, ausschalten und aushalten als (meine) Überlebensstrategie, wenn du es nicht schaffst, gerade dann eine wackelige Brücke auszuspannen, wenn sie dir besonders weh tun wollen; dich spüren lassen, wie sie sich heute selbst gedemütigt fühlen, unter Stress stehen ... dir zeigen, dass sie dennoch etwas können. (Und wehe, wenn sie es doch nicht können ...) Nicken, wenn sie dich fragen: „Wie war ich heute, Baby?" „Gut natürlich. Super!" Auch wenn sie nur brutal gewesen waren. Mich spüren lassen, was sie von mir halten. Nichts. Ein Ding, mit dem sie alles tun können. Dem sie ihre Hände um den Hals legen, um nur ja sofort zudrücken zu können, wenn ... Was hätten wir davon, wenn wir das wirklich täten?! Oder ist es nur die pure Vorstellung, an der sie sich berauschen. Das Gefühl der Macht: Du bist nichts, nur eine Bewegung meiner Hände und ... Was weiß ich. Nicht nur ein Mal, dass Aino und ich uns solches fragten. Zu zweit ist es etwas leichter. (Nicht nur, weil zu zweit nicht allein ist, und so die Typen sich nicht gleich alles zu machen trauen ...) Erst jetzt konnte ich Ainos mir zuvor immer etwas befremdliche, abendliche Waschszene verstehen, die sie auch jetzt noch, trotz Minusgraden mit eiskaltem Ostseewasser praktizierte. Ich hätte dagegen die von ihr viel belächelte 'Katzen-wäschevariante' mit doch etwas wärmeren Mineral-wasser aus dem Supermarkt vorgezogen. (Und das, um ganz ehrlich zu sein, nicht einmal alle Tage.) Natürlich war das mit Aino nicht zu machen: „Dreckfink!" „Aber ..." „Nichts aber! Du musst auf dich und unsere Kunden achten. Punkt." Zähneklappern, sich weiß und blau frieren. Lamentieren. Nichts half, um Aino gnädig zu stimmen. Als Ausgleich hatte sie mich dann minutenlang mit einem extra für mich und diesen Zweck organisierten Handtuch warmtrocken gerieben. Tägliche Marterrituale, die ich bald mehr als ihre eigentliche Ursache hasste. Warum sich das alles antun? Warum nicht zu Bogdan gehen und ihn bitten, einen anderen Job zu bekommen? Er hätte es sicher akzeptiert, wusste er doch, dass ich mich nicht prinzipiell ‚davor' zierte ... und anderes viel besser konnte. (Oksana wäre begeistert gewesen, mit mir losziehen zu dürfen. Von einigen der Jungen ganz zu schweigen.) Und doch bin ich Tag um Tag mit Aino *dorthin* gegangen, habe die Zweite im Bunde gespielt und schon bald meine *eigenen* Kunden bekommen, die drei bis vier Mal in der Woche zu diesem eigentlich dafür viel zu unscheinbaren Julija-Strichmädchen kamen, sich bei ihr das Gewünschte abholten und mir manchmal sogar neben dem vereinbarten Lohn ein Gummibärchentütchen, ja einmal sogar ein Plüscheichhörnchen zusteckten. Warum? … Offene Fragen, die ich mir bald immer lauter stellte. Aino.

*

„Warum tust du das alles?" Wochen waren so schon vergangen, als ich all meinen Mut aufbrachte und Aino fragte. Lange überlegte dieses sonderbare Mädchen, ehe sie mir antwortete: „Weil sie es brauchen, und wir sonst alle untergingen ... Kapierst du das nicht?!" Dann schwiegen wir – lange, beharrlich. Schließlich erwiderte ich hinein in die Stille: „Das ist nicht der Grund, Aino, nicht der Hauptgrund. Oder?" Ainos Schuhe spielten mit den Schneeresten vor unseren Füßen. Plötzlich wurde sie ernst: „Ich weiß es nicht, Julija ... Vielleicht weil ich einen Traum habe ..." Diesen Traum, den auch ich viel zu lange träumte? Ohne zu merken, dass er so, wie ich ihn mir träumte, nie Wirklichkeit werden konnte. Manchmal hatte ich als kleines Kind am Tisch gesessen (oder später in meinem Fluchtschrank), ein Blatt Papier vor mir, Stifte und hatte mir aufgeschrieben, was in meinem Leben anders sein sollte. Hatte geschrieben und geschrieben, aber gar nicht gemerkt, dass Träume nur Wirklichkeit werden können, wenn du sie Wirklichkeit werden lässt. Wenn du dir sagst: Ich will, dass sie Wirklichkeit werden, ich lasse sie Wirklichkeit werden. Jetzt, weil ich will, dass sie nicht nur Traumgebilde bleiben – formlos, Nebelschwaden zwischen Realität und Hirngespinsten, luftig und leicht, ein Hauch nur. Hatte nicht verstanden, dass ich mehr tun müsste, als einfach nur wegzulaufen, um dieser verlorenen Welt meiner Kindertage zu entkommen und nicht eines Tages selbst von diesem lähmenden Drachengift, das Mama nur noch mit Drogen betäuben zu können glaubte, gelähmt zu werden. Dass ich versuchen müsste, mein Leben zu *leben*, meines, gerade deswegen. *Die Welt bleibt stehen, wenn auch nur ein einziger Mensch stehen bleibt.* Auch so eine Aino-Philosophie (auch wenn ich ja nach jener ersten Lektüre, die Aino mir gab, weiß, dass sie ein Zitat aus dem ‚Geschichtenerzähler' ist). War ich nicht stehen geblieben, hatte mich abgekapselt und eingesperrt (ja, im wörtlichen Sinne!), isoliert? Hatte Ablehnung geerntet, hatte wie ein Sämann sogleich wieder neue angebaut, war anders gewesen, unnahbar, niemandem mehr zu verstehen. Verletzlich. Vielleicht hatte auch Aino diesen meinen Traum einer intakten, heilen Welt in sich getragen, ja so sehr verinnerlicht, dass sie ihn *weitertragen* wollte und musste? „Ist es so, Aino?" Fast patzig ihre Antwort: „Vielleicht. Was fragst du mich eigentlich solche Dinge?!" Eilig stand sie auf. Den ganzen Tag redeten wir kein Wort mehr miteinander. Ganz so, als wäre sie mir böse ob dieser Frage. Und doch wusste ich, ja wussten wir beide, dass es zumindest im Kern so stimmte: Aino, die Philosophin, ‚Mama', wie alle sie nannten, die für jeden da sein wollte und musste. Die fast alle Rollen übernehmen zu müssen glaubte – die des Vaters, der Geld verdiente, die der Mutter, die sich um alle sorgte, die der fleißigen Tochter, die brav für ihre Zukunft in die Schule ging und lernte, die der Freundin oder Geliebten, die mit den Größeren und Mächtigsten von uns ihre Zeit verbrachte, es vielleicht sogar wollte; die ihr eigenes Leben diesem *einen* Traum unterordnete, den sie für sich, für uns träumte ... und wütend mit Steinen um sich warf, wenn auch nur ein einziges Hindernis ihren strengen Plan für sich, für uns alle durchkreuzte. Wir liebten dieses seltsame Mädchen, nicht nur dafür, dass sie immer für uns da war und sorgte. (Auch wenn wir hinter ihrem Rücken oft über ihren Idealismus lachten. Auch ich, Julija, die ich ihr so viel verdanke ...) Aino, das Rätsel, das ich erst, jetzt, Jahre später verstehe. Ein scheinbar beiläufiger Satz, der mir damals gar nicht so wichtig erschien. Ein Aino-Satz. Und doch – der Schlüssel für alles: „Weißt du, Julija, damals, an jenem Abend, du weißt schon, habe ich alles noch einmal in dir erlebt, was ich erlebt hatte. Nur dass ich niemanden hatte, der mir half. Nur falsche Freunde, die viel mehr forderten, als sie mir gaben ...“

*

Sergej. Oder Serkan, wie alle ihn nannten. Warum wollte keiner mir sagen. Auch Aino nicht. Oder gerade Aino. Weil wir Angst vor ihm hatten: die Kleinen, denen wir mit ‚Serkan' drohten, wenn sie nur wild und nervig sein wollten, am meisten jedoch wir älteren Mädchen, die wir die Welt hier draußen mit ihren Regeln schon besser kannten, nach ihnen spielten und uns vielleicht gerade deshalb vor ihm fürchten zu müssen glaubten. Obgleich er eigentlich nur wie ein Phantom hier auftauchte. Auf Mädchenjagd ging. Mit einem Gespür dafür, welche ihm als Nächste in die Fänge gehen würde. Tallinn ist groß, du kannst dich schnell in ihm verlaufen, und doch gibt es Plätze, an denen sich alle von uns treffen – alte Hasen, die immer an *ihren* Ecken stehen, auf *ihren* Bänken, Treppenstufen oder in Bars auf *ihren* Hockern sitzen (und wehe, jemand anderes wagt es uns unseren Platz wegzunehmen! Dann gibt es böse Blicke, manchmal auch mehr ...), genauso wie Neuankömmlinge, die ihre ersten Schritte als Trebegänger probieren, von einem anderen Leben träumen und oft bereits in der ersten Nacht draußen scheitern, durch die Straßen irren, einem unruhigen, verängstigten Tier gleich, sich aus Angst kein Auge zuzudrücken trauen und allenfalls an eine Hauswand gekauert ein paar Minuten vor sich hindämmern. Sicher wäre auch ich Serkan in die Arme gelaufen, hätte er mich vor Aino gefunden: wäre arglos wie ein frierendes verzweifeltes Kätzchen mit ihm gegangen, wenn er mir nur ein wenig Verständnis entgegengebracht hätte; eine Euro-Münze für einen heißen Kaffee oder ein Croissant mit Erdbeer-Vanille-Füllung. (Seltsam, dass ich in jenen zwei Tagen ausgerechnet davon träumte!). Vielleicht hätte er mich sogar in ein Café eingeladen. Oder McDonalds – wahrscheinlich wäre das der Situation angepasster gewesen –, hätte sich ein McBeaf bestellt, eine große Cola. „Und du?" Ich hätte ihn groß angesehen: „Ein kleines Pommes." „Und einen Cheeseburger. Oder magst du lieber eine Apfeltasche?" Natürlich hätte ich nicht 'nein' gesagt; zu allem ja und Amen. Das Tablett hätte er genauso lässig wie elegant zu einem ganz bestimmten Platz getragen. „Ich sitze immer hier." Ein Platz mit Schaufensterblick auf die Straße. Erste Kennenlern-Smaltalk-Anmachgespräche. („Wie heißt du?" „Julija." „Ein schöner Name. Passt zu dir." „Ich kann nichts dafür!" „Wofür?" „Dass ich so heiße." „Und woher kommst du? Aus Tallinn?" „Nein, Narva." „Wohl zu Besuch hier?" „Ja, nein." „Verstehe, dann haben wir ja was Gemeinsames!" Schnell hätte ich ihm meine ganze Situation ausgebreitet. Naiv, ahnungslos. Freilich erst nachdem er mir sein ganzes Auf-allen-Meeren-Globetrotter-Dasein aufgetischt hätte: „Ja, das Kettchen besteht aus Perlen aus Samoa. Weißt du, wo das ist?" Natürlich wäre ich um die Antwort verlegen. Aber Serkan würde mir eine lange Erklärung geben. Nein, nicht wie wir sie im Geographieunterricht lernen würden. Fünf Minuten, in denen er mir die Welt ausbreiten würde. Samoa, Strand, schöne Mädchen, Sonne „Dort könntest du den ganzen Tag ohne Bikini sonnenbaden! So was magst du doch! Oder?" Und auf meinen etwas unsicheren Antwortblick würde wie aus der Pistole geschossen die Ergänzung folgen: „Freilich, ihr Nordländerinnen müsst euch immer erst daran gewöhnen. Aber die Figur dafür hast du auf alle Fälle!" Sein wie zufällig auf meiner Brust ruhender Blick, würde mich ganz unsicher, zugleich aber auch ein wenig stolz machen ... Wärme, Perlen, Geschichten um sie. Vielleicht würde nicht einmal ich sie ganz glauben. Aber einerlei ... „Willst du es haben?" Noch bevor ich antworten könnte, hätte er mir das Kettchen über das Handgelenk geschoben: „Ein kleines Dankeschön für die schönsten Augen der Welt, die ich kenne." Komplimente, die süß wie Zuckerbutter schmecken ... und mich ihm gegenüber immer lockerer machten. Schon bald wären wir weitergezogen. Hinein in Tallinns Glitzerwelt, die mir ohne ihn sicherlich mein ganzes Leben lang verschlossen geblieben wäre. Stunden, die wie im Traum verflogen. Tallinns Glitzern und Beat hätte gewiss auch mich in seinen Bann gezogen. Serkans Welt. Dunkle schwarze Vorhänge, die die Türen ersetzten und zur Seite geschoben in einen dämmrig dunklen Raum eintauchten, dessen rotes Licht unwirkliche Schatten zeichnete; Scherenschnitt-gestalten, die um eine Bar standen, Gläser in der Hand, Tische, auf denen drei Frauen oder fast noch Mädchen zu weichen Klängen Ainos Winter-Feentänze in Zeitlupe tanzten; scheinbar schwerelose Bewegungen, die sie gewiss hundertmal eingeübt hatten; kurze Gespräche sodann, deren Worte keine eigentliche Bedeutung hatten, ehe sie schließlich in

Begleitung nach hinten verschwanden. Irgendwohin. Momente, in denen ich unbewusst Serkans Seite suchen würde. Fremde Männer, deren Augen gelangweilt oder gierig auf mir ruhten, mich abschätzen, vielleicht auch, ohne Serkans Bärenhand um meine Taille, mehr als nur angemacht hätten. Mitternacht schon lange vorüber. Auch ich hätte schon längst alle Realität verloren. Ob es der Alkohol war, die Musik, die schon lange in mir dröhnte, die ganze Situation, in die ich geraten wäre? Serkans: „Bist müde, Kleines?", hätte ich wohl nur durch Nebelschwaden aufnehmen können. Mein Nicken, das sogleich sein väterliches Verständnis wecken sollte: „Ach, Entschuldige, habe ganz vergessen! Willst du bei mir auf der Yacht übernachten?" Und auf mein Zögern. „Natürlich lasse ich dich alleine. Wenn du willst." Gewiss wäre sein Blick jetzt mehr als zweideutig gewesen. „Danke." „Ist doch keine Sache." Ohne zu zahlen wären wir aufgestanden (oder hätte er einen Geldschein auf dem Tresen liegen lassen, ohne dass ich es sehe?) Seine starke Rechte drückte mich ganz fest an seine Seite. „Keine Angst, das ist nur, damit wir kein Aufsehen erregen." Ich würde auch dies hinnehmen, seine flache Hand ebenso, die sich unmerklich nach oben schöbe – ein Stück freilich nur, so dass ich es ihm nicht wirklich übel nehmen würde. Ein Taxi, das uns zum Hafen brächte. Der Taxifahrer könnte im Rückspiegel ein spätes Liebespaar sehen, dessen Nacht gewiss noch ein Finale kennen würde. Die letzten Meter zu Fuß gehen, Hand in Hand – wie würde sich in diesem Augenblick meine Hand anfühlen? Eine schneeweiße Yacht sodann, wahrlich nicht die kleinste – Aino zeigte sie mir später aus der Ferne, als sie weiter erzählte. Serkan hatte seine Matratze auf dem Deck ausgelegt, eine Decke geholt, nur die Sterne über ihm, natürlich überließ er seinem Gast die Kabine. Ein letzter Abschieds-Einschlaftrunk: „Schlaf' süß, meine Süße ... und morgen geht das Leben für uns weiter ...“ Letzte Minuten zusammen. Vielleicht hätte ich ihm genauso wie damals Aino aus Dankbarkeit für alles ein ganz klein wenig mehr von mir geben. Ein Gute-Nachtkuss, der viel mehr als Mamas Gute-Nachtküsse wäre: fremd, ungewohnt, abstoßend ... und doch auch schon ein wenig erregend, eine Umarmung ... „Du musst keine Angst haben, Süße. Ich lasse die Türe offen. Wenn du willst, kannst du mich jederzeit wecken.“ „Danke.“ Gewiss wäre auch ich ihm in diesem Augenblick nur dankbar für alles gewesen. Die Restnacht, die jetzt folgte: das sachte Schwanken des großen Bootes, ein tibetanisches Teelicht, das nicht mehr als ein rosmarinduftendes Dämmerlicht spendete. Serkan, der sich mit einem Lächeln um die Lippen nach oben verabschiedete. Ein wie zufällig auf dem Kopfkissen liegendes rosa Spitzennachthemd, das Aino gegen ihre schmutzige Straßenkleidung vertauschte. (War es Zufall, dass genau gegenüber von ihrem Bett ein großer Spiegel hing?) Wie aufgedreht plötzlich alles in ihr war. Bilder die sich in ihr drehten ... wegdrehten ... irgendwohin ... Zeitfetzen, die sich dem Erinnern entziehen. Als sie wieder auftauchte, war sie irgendwo gewesen. Nur nicht auf einer weißen Yacht im Hafen. Menschenfänger. Ein rosa Nachthemd mit Spitzen ist Aino als greifbare Erinnerung an jene Nacht geblieben. Gefangen, gebraucht, missbraucht. Verkauft. Rotes Licht, Tisch-Elfentänze, Cocktails, die nur ihre Begleiter trinken durften, das andere sodann. Nächte, die sich immer in gleichen Spiralen drehten. Kleine Variationen inbegriffen. Und Tagstunden, die nicht mehr als nur Zwischenstationen bis zum nächsten Abend sein sollten. Wochen. Monate.

„Ich bin ihm erst viel, viel später entkommen." Ein Moment, über den Aino mir bis zum Schluss nichts erzählen wollte. Genauso wie über die davor liegenden Monate. So sehr ich sie auch fragte. „*Das*, musst du nicht wissen." Eine lange Narbe ist an ihrem Arm als Andenken geblieben, eine andere unterhalb der Rippen. Flucht. Aus Serkans an einer Ampel haltendem Auto springen, sich den sie festzuhaltenden suchenden Händen entwinden, ein Messerstich, der sie stoppen sollte, ob des stechenden Schmerzes in der Seite fast die Besinnung verlieren, sich fangen, im dunkeln Gewirr der menschenleeren Straßen und Gassen verschwinden, hinter sich eilende Schritte zu hören glauben (Serkans ... oder war es Eeva und Vika auch gelungen, aus dem Auto zu springen?), sich im Laufen umdrehen, im Dunkeln nichts Genaues erkennen ... nur jetzt nicht ins Straucheln geraten ... hinstürzen … wieder aufstehen ... weiter rennen ... im Zickzacklauf einen kleinen Vorsprung gewinnen, ihn wenig später verspielen, wieder gewinnen ... Ein grausames Spiel. Sich atemlos in einen Hinterhof flüchten. Wenn nur nicht irgendwelche Hunde zu bellen beginnen! Atem holen. Auf die Straße hinaus horchen. Eilige Schritte, die wohl gar keine waren. (Vielleicht nur ihr Herzschlag, der sie narrte.) Sich ganz klein hinter einer Tonne zusammenkauern. Den Atem anhalten. Autos, die vorüberfahren, ohne ihre Geschwindigkeit zu verringern, in der Ferne verklingen. Sich schnell mit einem Fetzen ihres Shirts die blutende Wunde verbinden, wenig später waren die Streifen schon blutdurchtränkt gewesen, sich das ganze Hemd vom Körper reißen, sich mit ihm so fest es ging die Wunde zuschnüren, nur mit Mühe einen gellenden Schmerzschrei klein halten ... Irgendwie musste sie es schaffen, die Wunde zu stillen! Nur wie? Minuten, die sich quälend hinziehen, ihr Herz zusammenziehen, es weiten, ihre Augen, ihre Ohren. Sich schließlich ganz vorsichtig wieder aus dem Hof hinauswagen, einen Schritt auf die Straße treten, noch im Schatten des Tores nach Links und Rechts ausspähen. Wie heftig ihr Herz wieder pochte, der stechende Schmerz, warum konnte sie nicht ruhiger werden! Langsam im Schatten der Häuserwände die Straße entlanggehen, um jeden Lichtkegel der spärlichen Straßenbeleuchtung einen weiten Bogen schlagen, immer öfter anhalten müssen, sich zwischen parkende Autos kauern, um Atem zu schöpfen und wieder weitergehen zu können; fühlen, dass deine Beine dir schon nicht mehr richtig gehorchen können ... ein Stolpern zuletzt nur noch; Tallinn schon im Rücken, einen sicheren Zufluchtsort finden. Irgendwo. Dort. Nichts mehr wahrnehmen, nichts mehr empfinden; nur den pochenden Schmerz, der sie tiefer und tiefer in Dämmerschlaf wiegte. Ein runder roter Fleck war auf dem Holzboden geblieben, auf den Aino später immer jenen von mir so gehassten Wassereimer stellte. Niemand durfte ihn hochheben. Als ob keiner das Darunter sehen sollte. Ein wunder Fleck in Ainos Leben. Tage, die in ihrer Erinnerung verloren gingen. (Oder war es nur ein Tag, eine halbe Nacht gewesen?) Bis sie wahrnehmen konnte, dass sie lebte, sie niemand verfolgte und zurückhaben wollte. Flucht ... aus ... entflohen. Ein neues Leben beginnen. Und doch immer weiter fliehen. Nicht nur ein Mal, dass sie mitten im Schlaf zu rennen anfängt, ihre Beine kommen nicht zur Ruhe. Mit meinem ganzen Gewicht muss ich mich auf sie legen, um sie beruhigen zu können. Minuten, bis sie wieder ruhiger atmet, ganz vorsichtig rolle ich mich zur Seite, noch lange berühren meine Finger ihre Hände. Ich weiß, es wird genauso schnell, wie es gekommen ist, auch vorübergehen. Am nächsten Morgen wird mir Aino nur erwidern: „Ich habe schlecht geträumt." Ich verstehe. Flucht. Auch jetzt muss Aino immer fliehen. Eine Welt, die sie sich mühsam aufbaut, um nicht allein mit sich und ihrer Angst sein sein zu müssen. Ein dicker Panzer, der sie schützen soll, ihr Halt und Sicherheit gibt. Auch dann noch, wenn sie sich plötzlich auf der Straße umdreht, nein, um ganz genau zu sein, nur den Kopf ganz unauffällig zur Seite dreht, dann weitergeht, als sei nichts geschehen; ich kann ihre Anspannung fühlen ... nach ein paar Schritten wiederholt sich die Szene. Frage ich nach, erhalte ich keine Antwort. Manchmal wechselt sie auch ganz unverhofft die Straßenseite – wortlos, orientierungslos, ohne auch nur eine Sekunde auf den Verkehr zu achten: „In der Sonne ist es viel wärmer als drüben im Schatten. Oder?" Ich nicke, kaum kann ich ihren schnellen Schritten folgen. Zwei Straßenzüge weiter wird sie wieder ruhiger. Natürlich stelle ich auch jetzt keine Fragen. Weiß ich doch, dass es in unserem Job Begegnungen gibt, die man vermeiden möchte. Auch ich kenne solche Momente, versuche sie schon im Vorhinein zu vermeiden. Vielleicht war es ja ein Bekannter, dem sie jetzt und hier nicht begegnen möchte. Vielleicht auch ... Wie konnte ich denn ahnen, dass es viel mehr war, als nur ... Erst ganz langsam beginne ich zu verstehen: „Sollte ich das alles nie erleben?" „Ja." „Warum hast du mir dann solche Angst eingejagt, als wir uns das erste Mal trafen." Sie schweigt mich an, ihre Fingerkuppen streicheln gedankenverloren einen runden Stein in ihrer offenen Handfläche, dann blickt sie mir direkt in die Augen: ein kalter Blick, vor dem man Angst bekommen könnte, deutlich kann ich den schwarzen Ansatz ihrer blonden Haare erkennen: „Weil ich böse bin vielleicht ..." „Nein ..." Mit einer abrupten Bewegung schleudert sie den Stein auf die Straße; ein dumpfer Aufprall, langsam sehe ich ihn die Straße hinunterrollen, erst in einer Mulde kommt er zum Stehen. Ainos trotziges Schweigen: eine Minute, zwei, man könnte die Sekunden endlos weiter zählen. Am liebsten würde ich aufstehen, die wenigen Schritte zu jenem Stein gehen, ihn aufheben und Aino wieder in die Hand legen. Ich tue es nicht, würde ich ihr damit nur noch mehr weh tun. Eisige Stille zwischen uns plötzlich, auf der Wiese hinter dem Haus kann ich die Kleinen spielen hören: laute Rufe, Befehle, Lachen, manchmal auch ein Schrei oder Weinen, wenn sich die Kleinsten von den Größeren gestört oder benachteiligt fühlen. Morgen muss ich mit Oksana und Jurij darüber sprechen. Sie müssen endlich lernen, aufeinander Rücksicht zu nehmen ... Endlich beginnt Aino zu reden ...

*

Ein paar Tage später hatte Bogdan in einem von Koplis leerstehenden Häusern ein unbekanntes Mädchen gefunden, hatte sich vielleicht etwas gedacht, das so nicht stimmte, hatte sie aus ihrem Dämmerschlaf heraus-gerissen, ihr deutlich gemacht, was er von ihr wollte, war auf schwache, doch unmissverständliche Gegenwehr gestoßen und hatte schließlich akzeptiert, dass sie *das* jetzt nicht wollte. Am nächsten Tag war er wieder in das halbverfallene Haus gekommen, hatte sich neben Aino auf den Holzboden gesetzt und vergeblich gewartet, bis sie aufwachen würde. Warum er es tat, konnte er nicht sagen. Erst am dritten Tag konnte er ein Lächeln dieses seltsamen Mädchens ernten, einen weiteren Tag später sagte sie ihm ein paar Worte: „Ich bin Aino." Mehr nicht. Als wäre es das Natürlichste der Welt, dass sie mehr nicht sagen musste. „Ich bin Bogdan." Erst jetzt wusste Aino, dass dieser fremde Junge nicht zu Serkan gehörte. Ein zaghaftes Lächeln: „Schön ..." Bogdans Verwirrung wurde nur noch viel größer – ganz so, als hätte er sich noch nie mit einem Mädchen allein in einem Raum aufgehalten. Grün-graue Augen, die ihn voll Argwohn anstarrten, zu lesen versuchten, ihn nicht zur Besinnung kommen lassen, von sich fern halten wollten. „Mir geht es nicht sonderlich gut, du musst damit noch ein wenig warten." Vielleicht hatte Bogdan das Falsche gemeint oder verstanden. Tags darauf hatte er ihr Cola und eine Tüte Chips mitgebracht, eine Decke, die er ihr behutsam über die Schulter legte. „Danke, dass du mir hilfst. Wenn du willst, können wir gemeinsam unter ihr sitzen. Aber mehr nicht. Sonst fange ich an zu schreien." Bogdan hatte wieder nicht das Richtige verstanden. Und doch war er nach einer wort- und nahezu handlungslosen Stunde mit diesem ihm fremden und doch schon irgendwie vertrauten Mädchen so verwirrt gewesen, dass er sich in die falsche Richtung nach Hause aufmachte. Schon längst hatte Aino verstanden. Wie gut doch, dass sie das Spiel so gut beherrschte: Nähe durch Distanz, Distanz mit Nähe – so kannst du alles erreichen. Am nächsten Tag durfte er sie schon ganz vorsichtig durch den Pullover anfassen. („Nur nicht dahin, wo es weh tut, sonst weiß ich nicht, was ich dann mache ...") Ein Spiel, in dessen Verlauf Aino Gewissheit erlangte, dass dieser fremde Junge nicht mit ihr spielte, es (zumindest in seinem Bemühen) ernst meinte und mehr zu sein schien, als nur irgendeiner der Jungen, die auf der Straße und in den anderen Häusern Koplis herumlungerten oder nach Tallinn liefen; dass er dennoch (oder gerade deswegen?) weit mehr als nur ein Abenteuer bei ihr suchte. Tage, die wieder Boden unter ihre Füße brachten, ein wenig zumindest, Interesse am Leben. Chips, Cola, Hamburger und Pommes – sein Speiseplan schien nicht die Welt zu sein. Nach einer langen Woche hatte Bogdan ihr eine Herzdose voller Schokopralinen mitgebracht, sie gebeten, die Augen zu schließen, bevor er sie ihr in die Hand legte, zu raten – natürlich hatte sie die Botschaft verstanden und ihm dafür gegeben, nach dem sich sein kleiner Freund schon so lange geduldet hatte: ein Mädchen, die mehr als nur halten konnte, was ihm ihr bislang verborgen gebliebener, nur gefühlter Körper versprochen hatte. Einmal, zweimal, wie er es machen wollte. Augen zu und durch. Es ließ sich aushalten. Und doch hatte Aino schon beim ersten Mal gewusst, dass sie es so nicht auf Dauer haben könnte; es keine Lösung wäre, es einfach trotzdem auszuhalten, auch wenn es ihre einzige Chance wäre ... und hatte ihm schließlich ganz vorsichtig gezeigt, dass er bislang nur eine Seite kannte, und es auch *dabei* viel mehr gab, als er sich vorzustellen vermochte; dass sogar ein Mädchen wie sie, die er jetzt unter und um sich hatte, mehr als nur ein Ding sein wollte, dessen er sich einfach für sein Glück bediente; dass auch sie Zeit brauchte und mehr als nur möglichst schnell *sein* Ding zwischen ihren Beinen fühlen wollte; dass auch er Geduld haben sollte, wollte er sie nicht nur gebrauchen; auch sie ihm viel mehr bieten konnte, als nur die Beine nicht verschlossen zu halten, er auch ohne schnellen Sex Spaß mit ihr haben konnte, und es doch eigentlich viel schöner war, wenn es nicht nur einseitig sein sollte. Hatte seine Hand über ihren Körper geführt, ihm gezeigt, wo sie fordern oder vorsichtig sein sollte, wo sie anhalten, verweilen oder einfach nur genießen konnte, woran er spürte, dass auch sie es wollte (oder eben nicht wollte), wie sie auf seine Berührungen reagierte, ihm gezeigt, wie auch sein Körper sich unter ihren Berührungen verzaubern konnte. Und doch hatte sie schon jetzt stillschweigend akzeptiert, dass er es niemals auf diese Weise mit ihr machen würde. Rein, raus, seine Hände, die dabei ihre Brüste kneteten – das war seine Sprache. Mehr nicht. Alles ist gleich im Leben. Und doch dabei anders. Wusste sie doch jetzt, wofür sie es machte. Bogdans Abenteuer, wie *er* sie sich dachte. Der Mond bestrahlte kalt die Szene.

Am nächsten Morgen hatte Bogdan Aino seinen Schutz angeboten, das erste Mal seit mehr als einer Woche, dass sie sich auf die Straße wagte und im Meer den Schmutz ablöste, der sich in der letzten Nacht mit all ihren Säften vermischt hatte. Das Salzwasser brannte. „Es macht nichts, geht vorüber." „Was?" „Nichts." Eng an sie gedrückt hatte er sein nur von einer grauen Decke gegen die Kälte geschütztes Mädchen zurück begleitet, ihr dann mit keineswegs gleichgültigen Augen zuge-sehen, wie sie sich wieder verpackte, akzeptiert, dass sie den Finger auf die Lippen legte und den Kopf schüttelte, als er wieder nach ihr verlangte. „Jetzt nicht, mein Freund!" Ein leidenschaftlicher Kuss als Ausgleich – sie fühlte, wie sehr er schon wieder nach ihr verlangte ...

*

An diesem Vormittag begann Aino, ihre neue Heimat zu erkunden. Vorsichtig, wachsam, ängstlich zunächst noch und doch auch schon mit dem Wissen: Solange ihr Körper es wollte und ihn halten könnte, wäre sie nicht mehr alleine. Kopli, das Meer, in einem Hinterhof hatte sie heimlich von einer Wäscheleine ein graues Kinder-shirt mitgenommen. Dass es etwas spannte – da ließ sich nichts machen. Und Bogdan würde ja ohnehin gerade dies viel mehr gefallen, als wenn es andersherum wäre! Seltsam, dass Aino jetzt schon so dachte; versuchte, sich mit Bogdans Augen zu sehen, in den Autoscheiben ihr Spiegelbild betrachtete, fühlte, wie sie sich mehr und mehr seiner Blickwinkelsicht anpasste, unwillkürlich das Rückgrat gerade streckte, ihre Brust mit der Hand unter dem Stoff zurechtrückte (Eeva hatte ihr einmal im Club gezeigt, wie sie mit ein paar simplen Tricks ihre *dafür* doch viel zu unscheinbare Brust zu einem Blickfang machen konnte), das Ergebnis überprüfte, sie einen Augenblick genau so mit den Handflächen festhielt, wie Bogdan sie gestern gehalten hatte, überlegte, was sie in diesem Moment empfunden hatte ... und fand, dass sie mit Bogdan dabei nichts Schönes verbinden konnte. Seltsam, wenn es stattdessen Eeva gewesen wäre ... wie damals ... als sie sich eines Nachts zu ihr unter den Tisch legte („Du musst keine Angst haben. Ich will dir nichts Böses. Lass mich einfach, es wird schön werden ..."), sie berührte, küsste ... nicht so wie die Männer, die ihren Körper nur benutzen wollten, anders, fremd, wie eine andere Sprache, die sie noch nicht kannte ... Eeva ... aber stopp, nicht weiter ... Bogdan. Sie wusste, dass er sie heute und immer so behandeln würde, wie er sie gestern behandelt hatte. Mehr nicht. Auch wenn sie ihm tausend und noch einmal tausend Mal sagen würde, dass sie es so nicht wollte. Aushalten. Ein widerliches Spiel, in das sie hineingeraten war: Schutz gegen Sex, Sex gegen ... Sie musste es aushalten! Kontrolle behalten, so gut sie es steuern könnte. Mehr nicht. Zum ersten Mal, dass sie es zumindest versuchen konnte. Jetzt, hier, Kopli. Ein Wassereimer, den sie auf der Straße mitgehen ließ. Eine Bürste gleich mit. Sie würden ihr ab heute getreue Dienste leisten. Voller Stolz hatte sie ihre neuen Errungenschaften zum Meer getragen, den Eimer voll gefüllt, mit beiden Händen am Griff zu ihrer neuen Wohnung getragen. Wenig später war auch Bogdan wieder erschienen, hatte sein auf dem Boden kauerndes Mädchen angetroffen, die eifrig die schmutzig grauen Holzdielen schrubbte, hatte sie mit erstaunten Blicken angesehen ... „Geduld, mein Freund, du bist viel zu früh gekommen!" Noch nie hatte Aino mit größerer Inbrunst diese ihr eigentlich immer verhasste Putzarbeit in die Länge gezogen, ehe sie Bogdan schließlich grünes Licht gab, sich noch zwischen Wasserlachen das bei ihr abzuholen, weshalb er zu ihr gekommen war. Aino wusste ja, was er jetzt brauchte. Nach jenem zweiten Mal hatte Bogdan ihr wortreich seine Freundschaft und noch viel mehr geschworen, sie noch am gleichen Abend in seine Gruppe aufgenommen, ihr dennoch alle Freiheit versprochen. Weil Aino verstand und ihm in ihrer Währung bezahlte. Punkt. Mehr war nicht zu verhandeln. Wieder Boden finden, in eine neue Welt hineinwachsen, die sie noch nicht kannte. (Obgleich es ja genau die Welt war, in die sie kommen wollte, bevor Serkan sie gefangen hatte!) Wunden, die äußerlich vernarbten, nicht einmal Bogdan erzählte sie, woher sie stammten. Und doch konnte er wohl ihre Ursachen ahnen. „Du kennst dich aus?" „In was?" „Na, das da." „Das mag wohl so stimmen." Eine Pause. „Du bist einem weggelaufen?" „Ja." „So einem?" „Ja." „Serkan?" Ein Nicken. Mehr war nicht zu sagen. Wenig später hatte Bogdan sie zum Bahnhof mitgenommen, sie dort eingeführt; ein Job, den sie besser als alle anderen Mädchen kannte. Manche Typen auch. Vielleicht war das der Grund, warum sie sich noch am ersten Abend die Haare strohblond färbte, die Fingernägel lackierte, genauso schwarz auch die Zehen; ein neues Outfit hatte sie bereits zuvor in einem Kaufhaus mitgenommen. So fühlte sie sich zumindest ein wenig sicherer. Freiheit, die ich meine. Ein Platz in der Gruppe also. Ihr Platz, den sie sich nach und nach ausbaute, ja neu definierte – Ainos Welt. Auch wenn sie immer auf ihrer Sonderrolle beharrte, sie bekam ... weil Bogdan genau verstand, dass er in diesem genauso verschlossenen wie zielbewussten Mädchen die ideale Kopilotin hatte. Frei, gefangen, ein anderes Leben, das sie selbst in die Hand nehmen konnte: „Ich will es nicht missen, Julija, brauche es. Zum ersten Mal, dass ich einen Sinn für mein Dasein erkenne." Und weiter, viel später, als sie mir in jener letzten gemeinsamen Nacht unter dem Siegel strengster Verschwiegenheit den mir zuvor nie erzählten Teil ihrer Geschichte erzählte: „Träume können nur gefangen entstehen, Julija, wenn ihnen in Wirklichkeit kein Raum mehr zu sein scheint, sie das wirkliche Dasein ersetzen, es mit sich tragen und dich immer weiter von deiner realen Ausweglosigkeit trennen. Du darfst sie nur nicht verlieren, musst sie pflegen und groß werden lassen, bis sie irgendwann Knospen ansetzen. Sonst kannst du gleich aufgeben!" Auch so eine Aino-Philosophie, die ich erst jetzt, so viele Jahre später verstehe.

*

Ein schmales Hinterhofzimmer, das kaum Platz für zwei Matratzen, einen Plastiktisch und zwei Stühle bot. Als Dritte hatte Aino auf einer Kindermatratze unter dem Tisch gelegen, hatte sich die Ohren zugehalten, wenn die anderen sich stritten oder einfach nicht ruhig werden konnten, und still in sich hineingeweint, wenn alles nicht mehr auszuhalten gewesen war und sie keinen Lichtstreifen am Horizont mehr erwarten konnte. Endlose Tage, die ewig sich glichen: Musik, die sie nur hören durften, wenn niemand im Haus war; auch die Auswahl war ein ewiger Anlass für Zank geworden; alte Herrenmagazine, die sie beim Aufräumen im Club mitgehen ließen, aus Mangel an anderem gierig durch-blätterten, in Bild und Wort verschlangen, an guten Tagen gemeinsam kommentierten. Mehr nicht – keine normalen Gespräche (und wären es nur plumpe Teenager-Frauengespräche gewesen), als wären sie Konkurrentinnen, die voreinander möglichst wenig von sich preisgeben wollten: Eeva, die blonde Schönheit mit einer Handvoll Verstand, auf die trotzdem (oder gerade deshalb) alle Männer flogen; Vika, die nur Heimweh und Verzweiflung kannte; Aino, die alles still nach Innen wendete, sich stundenlang Vokabeln, mathematische Formeln und Gedichte aufsagte oder sich irgendwelches, mehr oder weniger sinnvolles Zeug ausdachte, um nicht darüber nachdenken zu müssen, was sie gerade erlebte. Wie da eine gemeinsame Basis finden? War es da nicht sogar eine Befreiung, von Serkan für irgendeine Aufgabe abgeholt zu werden? Verdrehte Welt. Und doch – wenn Aino sich unter ihrem Tisch ganz lang ausstreckte, konnte sie am äußersten Rand des Dachfensters den Himmel sehen. Ein winziges Fitzelchen Blau, auf dem grau-weiß-dunkle Wolkenfetzen zogen. Ein Quanten-stück Freiheit. Niemand konnte es ihr nehmen – Serkan nicht, nicht die anderen im Club, die sie nur als Ding mit Menschenkörper wahrnahmen, nicht Eeva und Vika, die sie nicht verstand und von Tag zu Tag mehr hasste, obgleich sie drei doch das gleiche Schicksal teilten. Heftige Wortgefechte, wenn einer bei den anderen etwas nicht passte, wenn Aino darauf bestand, tagsüber das Fenster nicht zuzuhängen, obwohl Eeva und Vika die Dunkelheit brauchten, um schlafen zu können ... oder umgekehrt Eeva sich ausgerechnet dann an den Tisch setze, wenn Aino darunter lag und ihre Ruhe haben wollte; von den Kleinigkeiten, die zu ihrem Job gehörten, ganz zu schweigen. Licht – Dunkel. Kämpfen

– aufgeben. Nur noch als Spielball anderer Interessen leben. Mit dem Schicksal lamentieren, sich in Worten und Gedanken aufbäumen und doch nur Minuten später wieder schicksalsergeben zu Serkans Tanzmäuschen werden, sich von Mal zu Mal mehr perfektionieren. Nicht nur deshalb, weil jeder Fehler, jede Träne, jedes Widerstandzeigen zu neuen Strafen führte. Nein, weil jedes Bessersein die anderen beiden kleiner machte! Nadelstichkämpfe. Irgendwann hatte Aino aufgegeben. Aus! Was sollte denn überhaupt noch so ein Herum-vegetieren? Ein Rasiermesserschnitt – es war nicht das erste Mal, dass sie es probierte. Nur damals war sie im entscheidenden Augenblick doch zu zögerlich gewesen: die Rasierklinge in die rechte Hand zwischen Daumen und Zeigefinger nehmen, sie auf die Innenseite der Hand legen (ich muss nicht sagen, wohin), um dann mit einem festen Schnitt ... Vielleicht war es einfach nur die Angst vor dem Schmerz gewesen, die sie damals davon abgehalten hatte, es wirklich zu tun. Doch jetzt ... gab es nichts mehr zu verlieren. Alles kleinst genau planen. Eine Ersatzklinge des gemeinsamen Lay-shawers nehmen, die Schnitthandführung zunächst an einer anderen Stelle üben, eine Plastiktüte bereithalten, in die sie dann ihre blutende Hand stecken könnte, auch ein Haargummi, um sie ein wenig zu fixieren, sollte nicht fehlen. (Natürlich durfte es jedoch auf keine Fälle ihre Hand abschnüren!) Das Rasiermesser anlegen, sich auf die Lippen beißen, dass sie selbst schon ein wenig bluteten, sich auf den Schnitt konzentrieren, eins, zwei, drei ... jetzt ... Alles hatte geklappt. Ohne Vika wäre sie wohl nicht mehr am Leben; ohne ihr Betttuch, dass dieses sonst so lethargische Mädchen in einem Anfall von Entsetzen und Hilflosigkeit in lange Leinenstreifen zerriss, um damit Ainos blutende Hand abzuschnüren.

Wie ein Wunder, dass sie schließlich zu bluten aufhörte. Am Abend hatten ihr Eeva und Vika all ihre Armringe gegeben. Die Wunde dürfte keiner sehen. Hätte es doch sonst für alle unendlichen Ärger gegeben. Schock, Vorwürfe, Streit. Nur irgendwie die Nacht überstehen, ohne sich zu verraten. So schwer war Aino alles noch nie gewesen. Die Nacht, der folgende Tag zusammen mit Vika und Eeva. Keine von ihnen hatte gewusst, was sagen, was tun. Als hätte Aino mit ihrem Schritt eine Grenze überschritten, über die sie beide ebenso gegangen wären, wenn sie noch die Kraft dazu gehabt hätten. Schweigen. Nichts. Keine der beiden hatte Aino auch nur eine Minute aus den Augen gelassen. Als hätten sie Angst, sie könnte es noch ein zweites Mal probieren. Irgendwann hatte Aino schließlich mit ihrer gesunden Hand auf den Tisch gehauen: „So kann es nicht weiter gehen!", hatte ihren linken Turnschuh nach Vika, den anderen nach Eeva geworfen. Dann hatte sie die Regie an sich gerissen, alle im Raum einem eisernen Regiment mit strengen Regeln unterworfen. Machtkämpfe, Streit um kleinste Kleinigkeiten, die ihrer aller Situation nur noch unerträglicher machten. (Wenigstens war dadurch die Grabesstimmung verschwunden.) Bis auch Eeva und Vika verstanden, dass Ainos Schreckensherrschaft ihre einzige Chance war, nicht unterzugehen. Ein Versuch, die Realität zu überlisten. (Seltsam, genau dies ist auch später Ainos Strategie bei uns auf der Straße geblieben.) Eine Traumvision, wie das Dasein aller besser, erträg- licher werden könnte. Nur das Leben müsste man selbst in die Hand nehmen. Ein Traum, ein Plan: Serkan besiegen. Plötzlich hatte es Regeln gegeben: Wann welche Lieblingsmusik angehört werden dürfte – wann Vikas, wann Eevas, wann Ainos. (Natürlich durfte sich jede, die dran war, auch musikfreie Zeit erbitten.) Wie

lange der Vorhang zugezogen blieb und wann offen.
Wer wann das Waschbecken benutzen durfte. (Diejenige
‚im Dienst' hatte danach selbstverständlich Vorrang.)
Jede hatte eine Schachtel für ihre Sachen bekommen –
zuvor war alles kreuz und quer auf dem Boden gelegen.
Wenig später hatte Vika (ausgerechnet die immer
ängstliche Vika!) aus dem Club einen Eimer, Putzmittel
und einen Wischmob mitgehen lassen, Eeva tags darauf
Schaufel und Besen. Per Los wurde jeden Morgen über
die Putzfee des Tages entschieden. Manchmal waren
jedoch auch mehrere Wahlgänge nötig gewesen, um
Streit zu entgehen. Eine andere durfte den Eimer
ausleeren, ebenso wurde ab jetzt streng zwischen
‚Arbeitskleidung' und ‚Freizeitlook' unterschieden,
obgleich diese Regel bei ihrem mehr als dürftigen
Kleiderschrank eher Theorie als Praxis sein konnte. Aber
immerhin konnte jede ihre festgelegte fünfzehn Minuten
Exklusivwasserzeit für eine Kopf-bis-Fuß-Kaltwasser-
Waschlappen-Reinigung nutzen, um sich nicht nur den
real sichtbaren Männer-sind-Tiere-Schmutz vom Körper
abzuwischen: „Jetzt bin ich Eeva." „Jetzt bin ich Aino."
„Jetzt bin ich Vika!" Versuchen, die Welt dort und hier
voneinander zu trennen. Füreinander da zu sein, wenn
eine es brauchte, einander so gut es ging, zu helfen, sich
nicht mehr ausspielen zu lassen. Natürlich war dies nicht
immer eins zu eins umzusetzen gewesen. Ein Versuch.
Ein paar Tage später hatte Eeva sich von einem ihrer
Verehrer einen Gummibaum erbeten, den sie ans Fenster
stellen könnten. Freilich war es nur ein Kaktus gewesen.
Aber so etwas kann man Männern ja nicht übelnehmen:
grün, lang, stachelig. Und somit war zwischen Gummi
und Kaktus sogar eine Verbindung gegeben. Natürlich
musste es über diese Assoziation Diskussionen geben,
die ein so unschuldiger Gummibaum alleine nie

ausgelöst hätte. Auch aus einem anderen Grund war diese Verwechslung eine ideale Lösung gewesen. Oder wer könnte einen ausgewachsenen Gummibaum schnell unter der Decke verstecken, wenn ,Besucher' im Treppenhaus zu hören waren? Serkan durfte nicht wissen, dass seine Mädchen gerade anfingen, sich gemeinsam mit ihrem Dasein unter dem Dach zu arrangieren. Ein gefährlicher ,wind of change', der durch das Zimmer wehte – irgendwann könnte er zur Eisfrostschmelze führen. Versteckspiel, das ihrer geheimen Bund nur noch enger machte, ihnen ein Stückchen Freiheit in der Unfreiheit schenkte. Doch eines Tages ist es dennoch aufgekommen. Und ausgerechnet der kleine Peniskaktus war das Verderben gewesen. Aber wer konnte schon ahnen, dass Serkan diesmal einen Typen mitbrachte, der es ausgerechnet im oberen Doppelstockbett haben wollte!? Es half kein Lavieren. Und dann? Generalrevision – Serkan hatte brutal durchgegriffen. Tage, die keine vergessen konnte. Böse Mädchen müssen bestraft werden. (Sie waren nicht brav gewesen!.) Eine Zeit, über die Arno mir nichts und gar nichts sage möchte. Eine nächtliche Fahrt zum Hafen zuletzt. Jede von ihnen ahnte, dass es ihre letzte Fahrt sein würde ... Aber nur Aino hatte noch Kraft und Mut aufgebracht, aus dem Auto zu fliehen ...

*

Frühling! Endlich neigt sich der Winter seinem Ende zu. Der Schnee schmilzt auf Straßen und Wegen; gatschig braune Spuren, die Autos und manchmal sogar unsere Schuhe hinter sich ziehen. Die Kleinen lieben es, mitten in den tiefsten Matsch hinein zu stapfen, sich mit diesem feuchten Dreck zu beschmeißen. (Auch wenn sie dafür jedes Mal mit ihren beiden großen Schwester-

mamaersatzaufpasserinnen gehörigen Ärger kriegen!)
Verschlafen aufgedrehte Eichhörnchen wagen sich aus
ihren Winterverstecken, rasen kreuz und quer durch die
Gärten, nicht selten, dass sie bei tollkühnen Baum-
kronenakrobatenkunststücken Schiffbruch erleiden.
Sogar vereinzelte Amseln höre ich ihr rollendes
rrrräidiju singen! Und Nächte, die sich schon merklich
mit Tagen vermengen. Aino und ich streifen überall
umher, wollen uns den Aufbruch des Frühlings nicht
entgehen lassen, räumen Schneereste zur Seite, wenn wir
aus dem Schnee herauslukende Blätter und Knospen
entdecken. Ainos Heft mit gepressten Blumen wird von
Tag zu Tag dicker. Unermüdlich erklärt sie mir ihre
Namen, wo sie genau wachsen, ob sie häufig sind oder
selten, wie lange sie blühen und ob sie auch noch
heilende oder zumindest gesundheitsfördernde Wirkung
haben. Ich kann mir ihre Namen nur so schwer merken,
sind sie doch oft in unseren Sprachen ziemlich
verschieden. „Krookus." „Krookus???" Aino lacht und
sagt mir den Namen in meiner Sprache: шафран. Einen
Augenblick kann ich es mir merken. Doch wenn ich
zehn Minuten später vor der gleichen Blume stehe und
nach ihrem Namen gefragt werde, sage ich prompt
„Lumikellukene". Schnell wird mir die Seite mit der
fälschlicherweise genannten Blume aufgeschlagen: „Du
musst noch lernen." Natürlich meint sie das nicht
boshaft. Weiß Aino doch, dass ich ihre Sprache nur ein
paar Jahre in der Schule lernte. Frühling. Neuer
Aufbruch, neues Leben. Auch ich müsste doch glücklich
sein, wenn die Tage länger, wärmer und bunter werden!
Aber ich, ich will nur weinen. Weinen, weinen, weinen.
Kann nicht mehr abschalten, hetze stundenlang durch die
Straßen, setze mich hin, einen Augenblick nur, nur um
gleich wieder aufzuspringen und weiter zu eilen. Ich

habe Angst vor den Kleinen, auf die ich aufpassen soll, und die nur dann brav sind, wenn Aino dabei ist, oder sie etwas von mir wollen. Habe Ekel davor, was Aino und ich jeden Nachmittag und immer öfters auch abends tun. Ekel vor den Männern am Bahnhof, die ich nur noch verachte und hasse. (Obgleich ich nur zu genau weiß, dass ich sie – nein, ihr Geld dafür – brauche und unruhig werde, wenn sie ein Mal nicht kommen.) Vor den Jungen unserer Clique auch, mit denen ich viel zu viel Zeit verbringe. Hasse ihre einfältigen Gespräche, die letztlich immer nur in das eine Thema münden. Es ist ihnen dabei nicht einmal peinlich, dass ich neben ihnen sitze! Hasse es, wenn sie mich anstarren – natürlich interessiert es sie nicht, ob ich müde aussehe oder traurig bin, nein, ob ich unter meinem T-Shirt aus der Kleider-sammlung einen BH trage und wenn nicht, sie unter dem Stoff etwas (na was wohl?!) erkennen können. (Warum sie das einfach tun müssen, versucht Aino mir auf hochpsychologische Weise zu erklären. Ich kann mit Jung oder Freud und seinen Komplexen rein gar nichts anfangen. Sonst müsste ich ja auch die ganze Zeit Ainos Busen anstarren? Oder liegt es nur daran, dass ich selbst so etwas habe, und Jungen halt Jäger und Sammler sind, die beständig sammeln und jagen?) Ich weiß nicht genau, was sie also empfinden, wenn sie mich breitbeinig ins Visier nehmen. Es ist so. Punkt. Ainos lachender Hinweis, es sei doch viel besser, als wenn sie begännen über mein Tanner-Stadium (noch 3 oder schon 4?) zu diskutieren. (Was sie mit diesem Argument meint, traue ich mich erst gar nicht zu fragen.) Nur die noch halbwegs Anständigen fühlen sich ertappt, wenn ich sie zurückanstarre oder mit Worten protestiere. Einen Moment freilich nur, dann sind ihre Augen und Gedanken genau wieder dort, wo sie gerade waren. Als ob ein riesiger Magnet in mir eingepflanzt wäre, der sich nur ausschalten lässt, wenn ich ihnen für einen Moment den Saft abdrehe! (Manchmal bin ich so gemein, sie zu fragen: „An was denkst du gerade?" Welcher Mann würde sich dann trauen, die Wahrheit zu sagen? Auch wenn ich es echt cool fände, würden sie dann hauchend „Deine Titten sind geil" flüstern!) ... Hasse es, wenn wir durch Tallinn ziehen, und ich einfach nur das Gefühl habe, dass die Jungs nicht wegen der Mode vor den Schaufernstern von H&M und Konsorten stehen bleiben, sondern ... Vermutlich würden sie am liebsten nicht nur die mehr oder weniger bekleideten Modepuppen, sondern gleich auch ihre beiden Begleiterinnen und zwar nicht nur in Gedanken ausziehen. (Warum langweilen sie sich denn sonst so fürchterlich, wenn Aino und ich dann wirklich in den Laden gehen, uns nur so zum Spaß eben genau so etwas, das sie gerade bestaunten, aussuchen und mit den jeweils erlaubten drei Stücken pro Anprobe in einer Kabine verschwinden. Ist es ihnen etwa peinlich, in der Damenabteilung zwischen all dem vielem Zeug, mit dem sie sich nicht auskennen und nur in Verbindung mit uns brauchen können, zu warten, bis eine von uns beiden in diesem sündhaft teuren Top, das Pink bei ihrem letzten Konzert trug, kurz aus der Kabine hinausschaut und fragt: „Sieht das gut aus?" Vermutlich könnten sie nicht einmal sagen, dass es mir deshalb nicht passt, weil es Größe M ist und ich doch XS trage ... Hasse ihre halb bittenden, halb fordernden Reden, wenn sie mich weich klopfen wollen, mit ihnen zu knutschen oder (noch besser!) gleich zu schlafen. Hasse mich, wenn ich dann nicke, ohne es eigentlich zu wollen, und mit ihnen auf dieser schon widerlich besudelten Matratze liege, nur weil wir es ohnehin schon viel zu oft getan haben, und es besser ist, wenn ich freiwillig 'ja' sage.

Hasse es, wenn ... ekle mich vor dem, was wir machen, hasse mich, dass ich es tue. Auch morgen, übermorgen. Weil ich dazu keine Alternative habe. Ich weiß nicht, ob alle Jungen so sind, es am Alter liegt oder einfach nur daran, dass ich schon fast ein halbes Jahr mit ihnen zusammen in Kopli lebe, es mit Aino und mir nur zwei Mädchen gibt, die dafür in Frage kommen, und manche Jungen eben automatisch meinen, dass alle Mädchen mit ihnen zusammen sein und schlafen wollen. Aber ich – ich will nur allein sein: ohne die Kleinen, die mich nur noch nerven, ohne die Älteren, die mir sogleich nachstellen, wenn ich ohne Aino aus Kopli hinaus nach Tallinn oder Richtung Rocca al mare laufe. Möchte nur schreien und weinen, fühle mich verlassen, wenn ich allein bin, bedrängt, wenn ich es nicht bin, möchte kreischen wie die Möwen über mir (die doch immer wegfliegen können, wenn sie wegfliegen wollen!) oder mich zu einem Igel zusammenrollen, vor allem und allen hier fliehen ... und habe doch nicht einmal die Kraft, alleine mehr als nur hundert Schritte auf die Straße gehen. Aino lässt mich nicht mehr aus den Augen, bittet Oksana, Jurij und die anderen, mir das Leben nicht allzu schwer zu machen („Ihr seht doch, dass es Julija im Moment nicht gut geht!"), bittet mich, dass ich sie morgens zur Schule begleite, nach dem Unterricht abhole, oft schaut sie sogar während der Stunden schnell vorbei, ob ich nicht etwa unter dem Baum vor dem grauen Gebäude auf sie warte und weine; gleichsam als ob sie Angst davor bekommen hätte, dass ich mir etwas antun könnte. Vielleicht hat sie sogar Recht, solche Sorgen zu haben ... weiß sie doch selbst genau, dass ich mir schon mehr als nur ein Mal tiefe Schnitte in Arme und Beine zufügte, nur um mich zu fühlen und diesen meinen verfluchten Körper zu strafen, der andere zu etwas zwingt, das ich selbst gar nicht möchte. Vielleicht wäre es am Besten, ein großes Brotmesser zu nehmen, um all das zu zerstören, was sie besitzen wollen, Nadel und Faden – keiner soll mehr ... Absurde Gedanken, die ich Aino in meinem Wahnsinn vortrage, ich weiß, dass sie nicht gut sind ... und doch verfolgen sie mich immer weiter. Und so hat Aino begonnen, alle scharfen Gegenstände vor mir zu verstecken, behauptet Stock und Stein, dass Männer Frauen nur mit kurzen Fingernägeln attraktiv finden, und wir sie uns deshalb ab sofort ganz, ganz kurz schneiden müssen. Natürlich weiß ich, dass dies nicht stimmt ... und bin ihr dennoch dankbar, dass sie es behauptet. Behutsam versucht sie, mich in ihre Welt einzuführen: „Weißt du, Julija, Männer sind eben so. Sie können nicht anders, auch wenn sie es vielleicht wollen. Sie werden von ihren Hormonen vor sich hergetrieben. Dagegen lässt sich nichts machen." „Alle?" „Vielleicht gibt es auch andere. Aber hier wirst du keinen finden." Ein bisschen Resignation scheint auch bei ihr mitzuschwingen. Ein kurzer Moment, dann hat sie sich wieder gefangen: Rasch sieht sie mich an – ein Blick den ich den ‚Auf-in-den-Kampf-Blick' nenne: „But make the best of it. Du musst nur aufpassen, dass nichts passiert." Ich kann nur ahnen, was diese letzten Worte meinen. Unauffällig achtet sie darauf, dass ich in meiner Tasche immer ein Päckchen Kondome finde. Weiß sie doch nur zu genau, dass ich sie viel zu oft vergesse, und es dann halt auch ohne mache ... Ich verstehe, bin ihr dankbar. An ihr scheint all das abzuperlen, was mich in den Wahnsinn treibt. (Ganz so, als ob der liebe Gott oder irgendein gnädiger Engel eine unsichtbare Teflonschicht über sie gezogen hätte.) „Du musst nur einen Hebel in deinem Kopf umlegen. Mehr nicht. Es berührt mich nicht mehr, was sie da mit mir machen. Verstehst du? Sollen sie doch. Sie merken ja nicht einmal, dass ich für sie nur noch eine leere Hülle bin, die ihre Fantasie und Gier beflügelt. Mehr wollen sie eh nicht von uns haben." Punkt. Nur Kieselsteine, die sie nach allen Seiten schleudert. Aber ich ... ich kann es nicht, möchte in Tränen versinken, um mich schlagen, mit Händen und allem, was ich zwischen die Finger bekomme, möchte ... Wortlos nimmt Aino mich in die Arme, wiegt mich wie ein kleines, großes Kind: „Komm' schon! Die Welt ist viel zu schön, um nur zu weinen." Ainos Welt. Meine? ... Bäuchlings liegen wir uns auf einer Frühlingswiese gegenüber, zum Meer sind es nur wenige Schritte. Ganz sacht streichelt Aino meine Finger (auch ihre Hand ist klamm – das Wasser ist wirklich noch etwas kalt zum Schwimmen gewesen), wischt mir eine feuchte Haarsträhne aus den Augen, streckt sich. „Ich glaube, mich hat gerade eine Hexe geschossen." „Solange es nur das ist und nicht Amor, geht es doch! Oder?", versuche ich ihr den Ball zurückzuwerfen. „Es wäre noch viel zu kalt für den Kleinen!" Wir lachen. „Könntest du mir vielleicht etwas den Rücken massieren? Dann ist es besser." Ich nicke, stehe auf und hole ein Handtuch, um mich zuerst selbst trocken und warm zu reiben ... Wie ein Gemälde liegt Aino vor mir, als ich zu ihr zurückkehre, ihre Arme bilden eine Gerade links und rechts von ihrem Oberkörper, ich sehe, wie sich ihr Bauch hebt und senkt, eine gleichmäßige Bewegung ohne Eile, das V ihrer Beine, die Rundungen ihrer Brust, die sich in dieser Lage nicht entfalten kann. Etwas unsicher fahre ich mit den Handflächen entlang ihrer Wirbelsäule von oben nach unten, zurück, in kreisenden Bewegungen wiederholen meine Finger die gleiche Bewegung, wobei sie den Druck abwechselnd verringern und verstärken.

Ich fühle, wie sich Ainos Muskeln entspannen. Heisere Möwenstimmen, die über uns kreischen. (Als ob es Wildtruden wären.) Ich öffne das Oberteil von Ainos Bikini, wie sie es möchte, schnell streift sie die Bügel über die Schultern. Ich weiß nicht, ob ich das richtig finde. Ein komisches Gefühl, das ich so eigentlich nicht haben möchte. Und trotzdem: Sie hat Recht, so ist es einfacher, meine Finger auf ihren vertikalen Bahnen zu führen. Gewissenhaft arbeiten meine Hände, kreisen, kneten, trommeln ... Plötzlich schnellt Aino in die Höhe, wirft den Kopf zurück, ein, feuchtes Haarmeer ergießt sich über meine Augen ... „Nein, so geht das nicht. So kann ich nicht arbeiten." Ist das jetzt ernst oder schon spaßhaft, was ich da sage? Auch sie lacht, legt ihre Hände auf den Bauch, als ob sie dort auf einmal Schmerzen hätte: „Ist es so besser?" Energisch schüttle ich den Kopf, so dass ihre Haare mir aus dem Gesicht fliegen, nehme ihre Hände, kreuze sie hinter dem Rücken, als ob sie meine Gefangene wäre. Sogleich zieht sie ihre Schultern nach hinten ... Wie gut es doch ist, dass ich kein Mann bin und dazu auch hinter ihr sitze ... Wie herzlich wir lachen, als ich Aino diesen Gedanken erzähle. Aino bittet mich, sich vor sie zu setzen. Vier Augen, die mich neugierig anstarren. Mit leiser Stimme erklärt sie mir, was man tun darf (und was nicht), will man den Oberkörper einer Frau massieren ... („Bei einem Mann darfst du natürlich heftiger zupacken ... wenn er nicht selbst und viel lieber dich ‚massieren' möchte ...") Gehorsam folge ich ihren Anweisungen, spüre, wie ihr Körper auf meine Berüh-rungen reagiert, weiß selbst nicht, ob ich mich dabei gut oder miserabel fühle, schließe die Augen, um mich besser auf meine Aufgabe konzentrieren zu können, öffne sie jedoch gleich wieder, als sich meine Finger auf Aino verirren.

Ich bin nur eine schlechte Masseurin, die nicht einmal ihre Kunst richtig versteht. Mehr will ich nicht sein. Aufmerksam verfolgt Aino meine Bewegungen, bietet sich mir an, als würde sie jede meiner Hand- und Fingerbewegungen auf ihr auf meinen Körper übertragen. (Wie gut es doch ist, dass uns noch die 100 % Polyamid meines Badeanzugs voneinander trennen!) Ganz sacht verbiete ich ihr, mich zu berühren, stoße ihre Hände zurück, als sie mich umarmen möchte. Ich will nicht, was sie sich wünscht. Zwischen ihr und mir soll alles wie bisher bleiben! Aino versteht, zieht ihre Hände zurück, legt ihre flachen Handflächen über die Brust, ganz so wie wir es immer tun, wenn wir uns vor den Blicken der Männer schützen oder sie umgekehrt reizen möchten. Doch ihre Finger haben offene Räume gelassen, die nicht alles verschließen. Eine Sekunde wartet sie ab, wie ich reagiere, zwei, drei, vier. Ich möchte ihr Spiel nicht spielen, drehe mich weg, suche meine Sachen. Nichts ist geschehen. Oder doch so viel, das ich nicht beschreiben könnte. Aino begreift, dass ich nicht weiter gehen wollte. Wartet. Und ich? ... Die Welt ist noch etwas komplizierter geworden. Bewusst versuche ich Distanz zu wahren. Natürlich ist das nur bedingt möglich, so wie wir leben. Am nächsten Tag gehe ich zur Kleiderstelle, um nach einer eigenen Decke zu fragen. Eine wunderschöne Decke, die ich bekomme: rote, grüne, blaue und gelbe Vierecke, auf denen schwarze Strichfiguren tanzen. Viel zu schön für den Ort wohin ich sie trage. Aino versteht, warum ich sie mit nach Hause holte. Sie ist mir nicht böse ... Vielleicht ging es ihr ja genauso, als sie es ein erstes Mal erlebte. Ainos Gegenwelt. Wie fremd sie mir doch ist, so wider alles bislang Gekannte und Erlaubte! ... Und doch, seltsam - manchmal schließe ich jetzt nicht mehr nur angewidert die Augen ... wenn mich große und weniger große Männer berühren ... erinnere mich ... Aino ... die weiche Wärme ihrer Haut, die sich so ganz anders anfühlt als das, was ich von der Welt um mich kenne ... und stelle mir vor ... was gewesen wäre ... wenn ich damals nicht schnell wieder die Augen geöffnet hätte, als sich meine Finger verirrten ... wie es sich angefühlt hätte, (anders als wenn ich mich selbst berühre?), ... was Aino empfand, als sie mir im Winter meine wund gebissene Brust mit Zinkpantenolsalbe einrieb, so sanft und behutsam, dass sie innerhalb weniger Tage verheilte ... was ... wie es weiter gegangen wäre, wenn ich 'ja' gesagt hätte ...

*

Sommer. Die Jungen haben Holz zusammengetragen, es kunstvoll aufgeschichtet, wir Mädchen derweil gefühlte Hunderte Kartoffeln in Alufolie eingepackt, um sie später in der Glut zu garen. Wie durch ein Wunder konnte ich mich noch an ein Rezept für Roggenfladen erinnern. Auch sie wurden später aluumhüllt im Feuer gebacken. Natürlich durften auch Würstchen und Steaks nicht fehlen. Oksana, Aljona und Jurij haben sie in verschiedenen Metzgereien Tallinns 'mitgenommen'. (Eine Meisterleistung ihrer Kunst, will mir scheinen!) Um die Getränke hat es natürlich Streit gegeben. Aber letztlich konnten Aino und ich uns doch durchsetzen. (Obgleich einige grummelten und maulten.) Sonnwende. Wir alle wollten sie feiern. Mit allem, was dazu gehört ... Auch ich bin über das Johannisfeuer gesprungen. Obwohl ich riesige Angst davor hatte. Aino nahm mich an die Hand, als alle schon gesprungen waren, zog mich, als ich mich noch immer sträubte ... Bogdan hat mich aufgefangen, mich ganz fest an sich gedrückt, meinen

Hals mit Hunderten von Küssen überzogen, meine Lippen ... ich habe es genossen. Doch Aino ist den ganzen Abend unausstehlich gewesen, hat uns mit ihren blöden Kommentaren schmollend das ganze schöne Sonnwendfest verdorben. Ainos Eifersucht - eine völlig unerwartete Erfahrung, lachte sie doch immer, wenn einer unserer Kunden über seine Frau klagte, die wegen jedem Aino- oder Julija-Haar, das sie auf der Kleidung ihres Schatzes entdeckte, diesem ihrem Göttergatten eine Riesenszene machte. Es dauerte Tage, bis ich die Wogen wegen dieser Episode von Nichts wieder glätten konnte, Aino wieder mit uns redete, Bodgan feierlich mit der doppeltem Anzahl an Küssen (und das nicht nur auf Hals und Lippen) Wiedergutmachung leistete und ich in seinem Beisein (und nicht nur oberflächlich!) Aino umarmte. Ein verkorkster Start in den Sommer. Nun ja und Schwamm darüber. Die Welt dreht sich ohnehin weiter. Oder auch nicht. Eine Frage der Perspektive. Jetzt waren es vor allem Touristen, die sich in Tallinn zu uns gesellten. Oder die Finnen. Als ob es auf der anderen Seite des Finnischen Meerbusens keine Mädchen gäbe! „Ihr Russinnen seid einfach spitze!" Sie werden wohl den Unterschied wissen. Auch wenn gerade sie immer zuerst auf Aino (und nicht auf mich!) zusteuerten. Ihr gespielter russisch-estnischer Sprachmix ist auch einfach umwerfend. Wechselt sie dann unvermittelt ins reinste Finnisch, staunen unsere Besucher nur Bauklötze. „Russinnen sind sprachbegabt." Gemein nur, dass die Sprachbegabung im Bezug auf ihre Sprache gerade bei mir auf halber Strecke zum Erliegen kam und nur für das Technische und etwas mehr reichte. Einerlei. Machte es die Sache nur noch authentischer. (Und für das Wesentliche reichte es allemal und auf alle Fälle! Ja, ganz abgesehen von allem anderen: 'Minä rakastan sinua' oder 'Ich liebe dich' würde ich ihnen ja nicht einmal auf Litauisch sagen: 'Aš tave myliu' ...) Finnische Männer auf Kurztrip-Entdeckungsreisen. Manche sind wirklich nett gewesen.Vielleicht lag es ja an der Entfernung von der Heimat, die sie lockerer und geselliger machte. Oder das Heimlichtun gegenüber ihren Liebsten, die derweil Tallinns Läden leer kauften. (Wer konnte es ihnen da verdenken, dass sie auch etwas von diesem Ausflug haben wollten! Und billiger sind wir dabei allemal gewesen ...) Scherzhafte Angebote. „Kommt doch mit rüber." „Danke nein, wir sind hier zu Hause." Manche merkten erst da, dass wir in Tallinn keine Zugereisten waren. (Oder nur halb - aber das ist eine andere Sache.) Irgendwie erinnerte mich das immer ein wenig an unsere Sowjet-Provinznestteenagerinnen, die extra nach Riga fuhren (nicht nach Tallinn - das wäre zu nah gewesen), um mit ihren Ljubitel's in irgendeinem Parkgebüsch nicht nur Händchen zu halten. Pärnu oder Narva - Riga oder gar Vilnius und zurück, jetzt Helsinki - Tallinn - Helsinki an einem Tag, zum Einkaufen, sich amüsieren. Auch Serkans Yacht ist jetzt viel seltener im Hafen zu sehen. „Er wird wohl viel dienstlich unterwegs sein." Vielleicht. Wie gesagt - Finnen mögen russische Mädchen. Schweden, Norweger natürlich auch ... um noch weiter weg vermittelt zu werden, musst du wirklich etwas bieten können. Oder eben Billigware sein. Aber auf der anderen Seite des Westmeers bietet Serkan ohnehin nur erstklassige Ware. Ehrensache. Die anderen muss man eben verramschen. No problem, auch dafür hat man seine Kontakte. Sommer, Sonne, Schulferien für Aino, Regen, Wind und wieder Sonne. Albernheiten. Wenn wir uns obenherum nur mit einem knallbunten Bustier bekleidet - Aino rot, ich orange, wie wir es gewöhnlich nur in der 'Arbeit' trugen - unter die

photoapparatbehängten Durch-die-Altstadt-Touristen-
ströme mischten oder im Bus den Oberkörper ganz
bewusst und doch scheinbar zufällig an einen
schwitzenden Krawattenträger drückten. (Wie, das muss
ich wohl nicht näher beschreiben ...) „Entschuldigung!"
„Kein Fehler." Manch feiner Business-Mann konnte
auch später nicht von einem Blick auf unsere leuch-
tenden Oberteile lassen. Begreiflich - Fantasie hilft
bekanntlich, den grauen Berufsalltag bunter zu gestalten.
Nur dumm, wenn in solch hormongesteuerten Momenten
die Taschen einen Augenblick unbeobachtet blieben.
Oksana und Jurij haben eiskalt zuzuschlagen. Busengeld,
wie wir es scherzhaft nannten. Oder Eis bis zum
Abwinken für alle. In solchen Augenblicken war es
richtig schön, eine freche Göre von der Straße zu sein!
(Von anderen, noch gewagteren Aktionen möchte ich
jetzt lieber schweigen ...) Aber lieber wollten Aino und
ich allein unsere freien Stunden verbringen, bis spät in
die Sommernacht hinein der Küste entlang aufs Land
hinaus gehen, die Stadt hinter uns lassen, mit allem, was
sie uns bedeutet. Kaum ein Wort, das fällt, wissen wir
beide doch nur zu genau, was uns quält, worüber wir
nicht sprechen können. Weil es zu weh täte, begännen
wir zu reden. Sehnsucht ist weiß wie der Mond, wandert
er kalt über den Himmel. Sehnsucht wonach? Nach
einem Leben, wie wir es nicht leben ... Und so kehren
wir kurz vor Sonnenaufgang müde zurück, um noch ein
wenig unter unsere Decken zu kriechen, ehe wir wieder
den alltäglichen Lauf der Dinge aufnehmen. Alles ist
gleich. Man muss es nicht erneut beschreiben ... Doch
bei Einbruch der folgenden Garnichtnacht werden wir
uns wieder wie zwei Verschwörerinnen anblicken und
von neuem aufbrechen. So als ob wir es vereinbart
hätten. Einsame Stunden, die wir Hand in Hand im

Halblicht wandern. Kalt schiebt sich der Mond aus den Wolken, verhüllt sich wieder, um Augenblicke später erneut in voller Pracht vor uns zu stehen - ein bedrohlicher Gast auf unseren Wegen. Wie gebannt halten wir an, minutenlang blicken wir in das weiße Licht zwischen den Wolken. Plötzlich dreht sich Aino langsam-geschmeidig um die eigene Achse (so wie ich es nur aus ihren Elfentänzen kenne), geht in die Hocke, aus der sie sich Sekunden später kerzengerade aufrichtet, um langsam ins Meer hinaus zu gehen. Eine kleiner werdende helle Gestalt im Spiegel ruhender Fluten. „Ich bin weißes Licht", sagte sie einmal, als wir uns gerade einmal drei Wochen kannten, „kaltes weißes Licht, das alles verbrennt, das ihm nahe sein möchte." Ich traute mich nicht, ihr ins Wasser zu folgen. Fürchtete ich doch, selbst in meinen Erinnerungen zu versinken, wenn ich es täte; zögerte ... Es war gut, dass eine Stimme in mir 'nein' sagte. Und doch - vielleicht wäre dies der Schlüssel zu Aino gewesen ... Gefühlte Ewigkeiten später kam sie wieder - ein frierender weißer Engel, der aus dem Meer auftauchte, mir entgegentrat, mich heftig umarmte, sich wieder von mir löste, ihren wasserschweren Zopf aufzuflechten versuchte. „Ich bin in der Unterwelt gewesen." „Ich weiß." Minutenlang rieb ich sie trocken. „Entschuldigung, Julija, es musste so sein." „Du bist wieder gekommen ..." Aino nickte. Sehnsucht ist rot wie das Blut, pocht es unruhig in unseren Adern. Erst nach mehreren Kilometern kann mir Aino Antwort geben. „Vor zwei Jahren ist es gewesen, Julija." „Was?" „Das ..." Weiter muss sie nicht reden. Schweigend lege ich meinen Arm um ihre Schulter. Emotionslos lässt sie es geschehen. „Ja, damals begann auch ich, in meinen Fluchtschrank zu fliehen." „Ich weiß." Wir beide sind der Hölle entkommen. Irgendwie. Und doch sind hunderte und noch einmal tausend Narben geblieben. Sie wollen nicht verheilen, brechen auf von neuem und neuen. Du kannst es nicht vermeiden … *Der Sommer hätte so leicht sein können, seine Tag-Nächte sind jedoch schwer uns nur geworden.*

*

Aber dann, dann ist auf einmal alles anders geworden. Haben wir doch eine kleine Schwester bekommen. Oder eine Tochter. Oder Ainos Schattenbild ihres Erinnerns ... Ich komme von einem meiner abendlichen Streifzüge durch Mustamäes Häuser-schluchten nach Hause und ... Aino ist nicht alleine! Verdutzt starre ich auf die Szene. Ohne sich durch mein Kommen stören zu lassen, schneidet Aino diesem fremden Mädchen auf unserer Matratze die Haare. (So schöne Haare, geht es mir durch den Sinn - sie soll sie doch lassen!) Halblang, nicht einmal bis zur Schulter mit Pony. „Wir werden sie gleich noch färben, Liisa, dann erkennt dich keiner mehr wieder." Still nickt das Mädchen. Sie lässt alles regungslos geschehen, als ob es ihr gleichgültig wäre. Ich verstehe rein gar nichts. „Weißt du, alle, die hier länger sind, haben gefärbte Haare. Das ist besser. Julija ist eine Ausnahme." Liisa blickt einen Augenblick zu mir hinüber. Ihre großen, abwesenden Augen kann ich nicht lesen. Irgendetwas scheint an ihr nicht zu stimmen. Nur was, kann ich nicht sagen. Als ob sie gar nicht hier wäre. „Henna oder willst du lieber schwarz? Irgendwo müsste ich auch noch eine halbe Tube blau haben. Aber das wird wohl nicht so ganz passen, oder?" Liisa zuckt mit den Schultern. Also muss Aino sogar dies für die Neue entscheiden. Auch die roten Fingernägel tut sie Liisa schwarz übermalen. Bis wir drei schließlich gemeinsam auf unserem grünen

Tuch zum Abendessen sitzen, vergeht noch einmal eine halbe Stunde. Liisa nimmt keinen Bissen, starrt an die Wand, als ob sie hinter ihr etwas Bedrohliches erwarten würde. Irgendwie kann ich ihr dies in ihrer Situation sogar gut nachfühlen. „Keine Angst", versucht Aino sie zu beruhigen, „hier wird dich keiner suchen. Und außerdem: Gegen das da hat er keine Chance!" Fast zärtlich streichelt das Mädchen über die Stofftasche an Ainos Seite. Zum ersten Mal, dass ich in Liisas Gesicht eine Regung wahrnehme. Ein erstes Geheimnis zwischen den beiden, in das ich nicht eingeweiht werde. Es sollten noch viele andere folgen. Und fragte ich Aino, so wollte sie mir keine klare Antwort geben. Oder nur so viel: „Liisa und mich verbindet etwas, das uns nicht verbindet." „Und was?", versuche ich nachzuhaken. „Nichts, sei froh drum!" Seltsam, ich fühle mich von Aino in unserer Freundschaft verraten. Nachts möchte Liisa nicht schlafen, kauert in einer Ecke, die Arme fest um ihre angewinkelten Knie geschlungen. Panisch schreckt sie auf, wenn sie etwas hört, das sie nicht kennt oder einordnen kann. Schnell ist Aino an ihrer Seite, beruhigt sie allein durch ihr Dasein, legt die ominöse Tasche so neben Liisa, dass sie sie mit einem Griff öffnen könnte. „Er wird sich hüten, dir nochmal nahe zu kommen." Liisa nickt, es scheint sie zu beruhigen. Mehr als nur ein Mal übt sie unauffällig die Bewegung, die sie retten würde. Und ich starre auf die Szene, ohne etwas zu verstehen ... Erst nach Tagen kann Aino sie überreden, mit ihr das Haus zu verlassen. Arm in Arm gehen sie gemeinsam die Straße aus Kopli hinaus. Ich weiß, wohin sie gehen. Vor Wut schrubbe ich den rauen Holzboden, auch Ainos graue Decke hängt schon lange gewaschen an der Leine, ehe sie nach Stunden zurückkehren. Der Ausflug scheint Liisa gut zu tun.

(Vielleicht sind es aber auch nur die geröteten Wangen, die ihr gut stehen.) Am nächsten Tag beginnt sie auch mit mir zu reden. Ein mühsames Unterfangen, fehlen mir doch immer noch viele Wörter in ihrer Sprache. Umgekehrt scheint es ihr genauso zu gehen. Auch andere Sprachen lassen sich nicht auf Dialogebene finden. So sind wir beide auf Aino angewiesen. Und Aino versucht ihre Kleine vor allem Feindlichen (oder auch nur vermeintlich Feindlichem) zu schützen. Nur Bogdan lässt sie bedenkenlos mit Liisa alleine. Warum ausgerechnet Bogdan? Ein neues Geheimnis. Keiner will es mir sagen: Aino nicht, Liisa nicht, Bogdan nicht ... oder erst zögerlich, als ich ihn über eine Woche auf strengsten Entzug setzte. Eine delikate Sache. Aino hätte Bogdan gewiss gelyncht, wenn es nicht für diesen Zweck gewesen wäre. Eine brutale zwischen Männern. Liisa also. Helle Lichtfunken, die in Ainos Augen funkeln, wenn die beiden sich begegnen, sich herzen und links und rechts abküssen. Und ich? Wie kann ich da nicht trübsinnig werden: „Du magst sie?" „Ja ..." „Mehr als mich?" „Sie ist ein kleines Mädchen." „Aha ..." Es ist besser, jetzt nicht weiter zu fragen. Aino hat ihr verboten, alleine auf die Straße oder gar nach Tallinn zu gehen, bringt ihr Bücher aus der Bibliothek mit, ein Zweitausender-Puzzle wächst von Tag zu Tag mehr auf dem Boden. Sogar mit den Kleinen unserer Clique möchte sie ihren Schützling nicht unbegleitet sehen. Warum? Schweigen über Tage, soviel ich auch frage. Unvermutet kommt schließlich eines Vombahnhofzurücks die Erklärung: „Sie ist bei Serkan gewesen." „Ach komm", versuche ich einzuwenden, „ein Ding von gerade einmal vierzehn Jahren!" „Es gibt nicht wenige, die genau so etwas wollen. Das müsstest du doch am Besten wissen!" Ich schlucke. Wie alt war ich, als Mamas Männer begannen, auch auf mich ein Auge zu werfen? (Nicht nur so, wie auf ein kleines Kind, das in gewissen Situationen einfach nur stört, sondern ...) Erste Berührungen, die folgten; erste Gesten, die erst aus meinem heutigen Blickwinkel heraus betrachtet eindeutig werden. Damals habe ich rein gar nichts verstanden. Oder nicht das, was sie meinten. Zufällige Situationen, die mir zwar befremdlich und unangenehm, aber irgendwie doch meist erklärlich, ja natürlich so schienen. Momente, die ich auch jetzt noch verschlossen halte, nur Erinnerungsfetzen, die noch nach Außen dringen. Jener Abend, an dem mich einer von Mamas neuen Verehrern hochhob, durch die Luft wirbelte und schließlich auf seinem Schoß platzierte. (Wie, das brauche ich wohl nicht zu sagen.) Erst als er begann, seine 'dritte' Hand zwischen meine Beine zu schieben, hatte Mama eingegriffen. Aino nickt, als ich ihr dies erzähle: „Ich hatte keine solche Mama, die mich rettete." Ein kurzes Schulterzucken, sogleich hat sie ihre Ironie wieder gefunden: „Nun ja, sonst wäre ich sicher eine alte Jungfer geworden." Ihre zusammengekniffenen Augen sind für einen Augenblick ganz hart geworden: „Und da war nicht einmal Wasser, um alles wegzuwischen. Nur irgendwelche Feuchtigkeitstücher, die alles noch schlimmer machten." (Kommt daher Ainos Spleen, sich jeden Abend von Kopf bis Fuß abzuschrubben? Oder erst aus Serkan-Zeiten?) Aino – auch heute fällt es ihr schwer, von dieser Zeit zu sprechen. (Im Vergleich zu ihr bin ich himmelweit gut dran gewesen!) „Weiter ...", unterbricht Aino meine wandernden Gedanken. Ich zögere. „Aber damals bin ich schon älter als Liisa jetzt gewesen!" „Das tut nichts zur Sache." „Und gut gebaut", wie Mama nicht nur im betrunkenen Zustand zu ihren ‚Gästen' sagte. Natürlich gab es da nur ganz bestimmte

Regionen, auf die sie dann starrten. (Und ich stand da und wollte nur noch winzig kein und unsichtbar werden.) „Und später hörst dann dann unter deiner Decke zusammengerollt, wie es sich anhört, wenn sich Männer und Frauen gemeinsam die Zeit vertreiben ...“ „... ich bin in meinem Schrank gewesen ...“ Unbeirrt fährt Aino fort: „... bis der männliche Part dieses wenig musikalischen Duetts meint, er könnte es doch auch einmal mit Mamas schon richtig groß gewordener Tochter probieren. Natürlich nur, wenn Mama gerade nicht daheim ist. Als Gentleman, will man sie ja nicht kränken. Auch sein neues Spielzeug durfte natürlich nichts sagen. Ja, und selbstverständlich ist es nicht bei diesem einen Mal geblieben.“ Ausrufezeichen! Da ist Aino nach der Schule bis spät in die Nacht hinein durch Tallinns Straßen, Kaufhäuser und Parks gezogen, schließlich ganze Nächte lang dort draußen geblieben. Irgendwo – irgendwie. Episoden, die einfach nicht in ein geordnetes Dasein gehören. Ein anderes Leben: von unten, von außen. „... und nur selten ein Mensch, der dich versteht oder zumindest zu verstehen versucht; der sich nicht wegdreht, die Nase rümpft oder dich wie einen x-beliebigen Straßenköter verscheucht; der dir eine Semmel kauft, wenn er sieht, dass du ihn beim Essen vor Hunger anstarrst; der dir eine Blume schenkt, obwohl es doch unsinnig ist, dir eine solche zu geben. Und du beginnst zu weinen. Weil du dich fragst: Würde man denn einem Ding, einem schon Nichtmehrmenschen eine Blume schenken? Etwas, das selbst nicht mehr lebt und dennoch schön ist und immer noch gebraucht wird. Auch jetzt. Oder gerade deswegen. Ein Symbol ... Verstehst du?“ Lichtpunkte, die viel zu selten werden. „Für alles, was du tust, musst du einen Preis zahlen.“ „Und wenn du es nicht willst?“ „Nun ja, dann eben.“ Wie lange ist

Ainos Leben in solchen Bahnen verlaufen? Sie schweigt, als ich sie frage. Bis Serkan ihr begegnete, ihr tagelang nachlief, ihr Nähe vorgaukelte ... um sie mitzunehmen. Aber darüber will ich nicht von neuem erzählen ... „Weißt du Julija ...", Aino überlegt, ehe sie weiter redet, „... seltsam, ohne Serkan wäre ich wohl schon längst nicht mehr am Leben." Wo bin ich stehengeblieben?

Aino hat Liisa also nicht nach Hause gebracht oder in einen Bus gesetzt, wie sie es (mich ausgenommen) mit allen anderen Mädchen praktizierte. Auch dem Street-worker am Bahnhof wollte sie sie nicht über-geben. „Das wäre nicht gegangen." Da muss ich ihr Recht geben. Jetzt ist sie also immer an unserer Seite. Nachts schläft sie unter Ainos Decke. (Und ich muss meine wieder mit Aino teilen!) Sogar eine eigene Matratze hat sie für Liisa aufgetrieben. „Sie soll nicht ganz so schlimm wie wir campieren." Es tut fast weh, Aino so reden zu hören. „Warum hilfst du ihr mehr als den anderen?" Mehr als nur einen Atemzug lang muss Aino überlegen: „Sie erinnert mich an Vika." Vika, Eeva, Vika. Ich will es schon nicht mehr hören, bin eifersüchtig auf zwei Mädchen, die gar nicht mehr sind und dennoch wie Gespenster zwischen uns leben. Ainos offene Wunde. Wie vorsichtig muss ich sein, um sie nicht ungewollt aufzustoßen. Makabere Worte sodann, die nur gespielt ihren Schmerz verhehlen: „Wenn ich nicht entkommen wäre, würden mich jetzt die Fische fressen: große und kleine, mit scharfen Zähnen. Vielleicht hätte Serkan mich sogar in mundgerechte Stücke zubereitet: ein rechter Unterarm, ein linkes Bein ... möglicherweise hätte er sich auch die Mühe gemacht, es in mehrere Teile zu zersägen, ein ... nein, er hätte ganz gewiss wo anders angefangen ..." Mich schaudert: „Komm lass', ich will es nicht hören!!!" Ainos Finger krallen sich um zwei klobige Steine, ihre Stimme ist plötzlich nur mehr ein Flüstern: „Vielleicht würdest du dann eines Tages einen Knochen von mir am Strand finden. Die Flut hat ihn ans Land gespült, die Ebbe will ihn nicht mehr haben. Du wunderst dich, sicher wirst du meinen, dass es ein Hundeknochen wäre; schnell wirst du weitergehen. Mehr nicht. Aber halt, was sage ich da, du würdest ja gar nicht hier sein ... und wenn du Serkan über bist, wird er dich entweder möglichst gewinnbringend verkaufen oder auf seinem Boot ein Stück auf die Ostsee mitnehmen. Oder Salzsäure. Aber nur, wenn du brav warst, denn das ist teurer!" Ich packe Aino an beiden Schultern, schüttele sie so fest ich kann: „Schluss, aus, zu Ende!" Erst langsam kommt sie zur Besinnung: „Entschuldigung, Julija, es kommte bloß so. Keine Angst, von Eeva und Vika wird keiner mehr etwas finden!" Ich nicke. Was soll ich jetzt sagen? Manchmal ist es einfach viel zu schwer, Aino mehr als nur halb zu verstehen. Nicht nur jetzt. Dort auch, wo wir unser Geld verdienen: Ein Aufblitzen in ihren Augen, wenn sie ein ganz bestimmter Kunde anspricht, auch ihr Körper scheint ihm plötzlich Antwort zu geben. Ihm erlaubt sie alles, was sie sonst niemals zulassen würde. Wortlos. Nur ein undefinierbares Lächeln umspielt ihre Lippen. Wenn ich sie später daraufhin anspreche, wird sie fast böse: „Halt dich da raus, das ist meine Sache!" Ich zucke mit den Schultern. Über Männer, die wir bedienen (und wie wir sie lassen), wollen wir nicht streiten. Und so lasse ich sie alleine. Egal, wohin sie geht, gleichgültig, was sie macht. Ich frage sie nicht einmal, ob sie Geld annimmt für diese Sache. Einerlei. Nicht einerlei. Es ist besser, wenn ich mich nicht einmische. Zuweilen folgt Ainos Erklärung auf dem Heimweg ganz von alleine:

„Wir kennen uns schon von früher. Er bekommt alles von mir, was er möchte. Aber nur von mir. Das ist unsere Vereinbarung." Und ich ahne: Das ist wieder einer von Serkans Club. Aino verlangt, dass er nur noch zu ihr kommt, wenn er solches haben möchte. Dann kann er sie und alles bekommen. Serkan soll einen Kunden weniger haben. Hass. Grundloser Hass. Nicht weil er keinen Grund hat, nein, weil er bis in Abgrundtiefen reichte. Ein brennender Wunsch nach Vergeltung, der Aino antrieb, ohne Rücksicht auf sich selber zu nehmen. (Und auf mich auch nicht! Wie oft konnte ich dann nur mit äußerster Argumentationskraft meinem Kunden verwehren, was Aino gerade einem anderen so großzügig gewährte?!) Sorry, Julija: Mitgefangen – mitgehangen. Aino – Serkan - jetzt auch Liisa ... und irgendwo dazwischen ich. Bis zum Äußersten. Wie oft ist Aino nächtelang einfach verschwunden. Immer dann, wenn sie meinte, Liisa und ich würden es nicht merken. Allein in die Dunkelheit hinaus, an Orte, an die jene uns normalerweise quasi schon in die Gene eingepflanzte Vorsicht und Scheu vor solchen menschenleeren nächtlichen Plätzen wohl nie ohne Begleitung hinausgeschickt hätte. Natürlich kannte Aino all die geheimen Wege durch das Gewirr der verbotenen Zone, die wohl nur die Kundigsten der Eingeweihten kennen. Die Löcher in den Drahtzäunen auch, durch die sie sich durchzwängen musste, dunklen Winkel, leerstehenden Hafenschuppen, in denen sie nächtelang im Schein ihrer Taschenlampe nach kleinsten Hinweisen auf das Schicksal ihrer verschwundenen Gefährtinnen suchte: ein Kleidungsstück, das eine von ihnen an jenem Abend getragen hatte, ein Kettchen, das Eeva vielleicht heimlich abgestreift hatte, um ihr ein Zeichen zu geben, einen von Vikas Armringen, die immer leise klimperten, wenn sie tanzte, ein ... Nur Wolkenfetzen, die über den Himmel jagten, das fahle Licht des Mondes, das sich für Augenblicke zwischen ihnen zeigte. Sterne ... ab und an der Lichtkegel eines Autos von der Straße her, wenn sie am Kai eine große weiße Yacht fixierte, ein Messer in der Hand, Bogdan hatte uns gezeigt, wie wir es am schnellsten und effektivsten einsetzen können. Ahnte Serkan denn, welche Gefahr ihm drohte, wenn er spät des Nachts mit einem Mädchen kaum älter als wir die letzten Meter zu seinem großen Angeberstolz ging oder schon wankte? Dass dann nur dieses naive Ding in seinem Arm seine Rettung war, konnte er nicht ahnen. (Wenn es schon so weit war, wollte Aino nicht mehr eingreifen.) Bald darauf würde also auch dieses Mädchen in seinem Club tanzen, bedienen und anderwertig arbeiten oder nach einer kleinen Bootsfahrt über den Finnischen Meerbusen hinweg auch anderswo ihr ‚Geld verdienen' (nicht auf dem Laufsteg, nicht in einem noblen Kaffee oder zumindest als Haushaltshilfe in einer vornehmen finnischen Familie, wie er ihr vielleicht wortreich versprochen hatte). Ein Mädchen mit strohblonden offenen Haaren, schwarzen Fingernägeln und grellrot geschminkten Lippen würde es bei einer ihrer nächsten nächtlichen Exkursionen durch Tallinns Clubs wieder sehen. Diesmal hatte Serkan gewonnen. Ein anderes Mal würden die Karten neu verteilt werden. Wusste doch Aino schon viel zu genau, welche Dinger gefährdet waren, wie er sie sich angelte, wie sie sie ihm vielleicht noch entreißen könnte. Ein verbissener Kampf auf Augenhöhe: Serkan gegen Aino. Auch ich bin nur ein Spielstein dieses Ringens gewesen. Liisa jetzt auch. (Wie froh ich doch bin, ihre Bilder und Erinnerungen nicht zu kennen. Ihre Angst auch; ihre Kälte, die so gar nicht zu ihrem Alter passt; ihren stummen Hass, den ich ansonsten nur noch von Aino kenne. Ainos Hass. „Ich habe noch eine Mission zu erfüllen!", sagte sie fast bissig, als ich ihr eines Tages behutsam vorschlug, zusammen mit Liisa und mir einen Ausstieg aus dem Ausstieg zu wagen. „Schade! Dann gehen wir eben alleine", versuchte ich nachzulegen. Nur ein typisches Aino-Schulterzucken, das ich als Antwort ernte. Nicht einmal Liisa kann sie umstimmen. Ainos Traum: „Serkan wird mir für alles zahlen! Dafür. Nicht nur euch beide hat er verloren." Und ich weiß: Irgendwann wird sie auch diesen letzten Kampf mit ihm ausfechten. Dort, wo sie eines Nachts im Taschenlampenlicht Vikas Holzkreuz gefunden hatte, das ihr immer nur Serkans Spott und Hohn eingebracht hatte und dennoch von diesem ansonsten so gefügigen Mädchen gegen jeden Mann an ihrer Brust verteidigt worden war. Irgendwann. Dort ... „Ich werde mir nicht einmal die Mühe machen, ihn den Fischen vorzuwerfen ..." Ainos Hass ... Erst dann wird sich ihre offene Wunde schließen …

*

Ich bin ans Ende meiner Erzählung gelangt. Oder an den Anfang. Es bleibt mir nur noch von meinem Abschied von Aino zu erzählen: von jenen Wochen, in denen die Angst vor einem drohenden zweiten Winter auf der Straße mein Denken bestimmte, Liisa sich mit einer mir an ihr völlig unerwarteten Zielstrebigkeit bemühte, noch vor Winteranbruch alles Nötige für einen Absprung zu regeln, ich mich jedoch nicht entscheiden konnte, bei Aino zu bleiben oder Abschied zu nehmen; in denen Aino mir nicht half, eine Lösung für diesen mir schier unlösbaren gordischen Knoten zu finden, ja über meine Unentschlossenheit lachte ... und nicht begriff, dass sie der eigentliche Grund war, weshalb ich noch schwankte ;von jener letzten Nacht schließlich, in der wir Seite an Seite auf der Kaimauer saßen und den dunklen Wellen nachsahen – stundenlang, ohne auch nur ein Wort zu sagen. Vielleicht ist ja die Angst viel größer, wenn du weißt, was dir bevorsteht: die Kälte, die sich langsam in dich hineinfrisst, bleibt, auch wenn es wieder wärmer geworden; die Dunkelheit, die sich aus schier endlosen Tag-Nächten dort draußen zu dir hineindrängt, durch den Raum schleicht, dich mit ihrer kalten Unbarmherzigkeit umarmt, alles in sich aufsaugt, dein Denken auch, Fühlen, Empfinden ... Flackernde Formen, die sich im Kerzenlicht beugen, wieder aufstehen, ihren Spott mit uns treiben. Ist es da nicht besser, an Kerzenlicht zu sparen, sein Leben noch mehr einzuengen? Wie ein Jahr zuvor, als Aino in einer Mischung aus Genervtsein und Fürsorge fast gebets-mühlenartig sagte: „Es geht bald vorüber. Die Tage werden wieder länger, es wird wärmer werden." Aber es geht nicht vorüber. Oder nur im Schleichschritt einer säumigen Schnecke. „Mein zweiter Winter. Vielleicht wird er mein letzter werden ..." „Es ist erst Herbst, Schwesterherz!" Ainos Gleichmut kann ich nicht ver-stehen, begehre gegen ihn auf, nach der Arbeit will ich nicht sogleich nach Hause gehen, streife planlos durch die Stadt, suche das geschäftige Leben der Einkaufs-zentren, bis die Läden schließen. Manchmal lasse ich mich auch von irgendwelchen Typen mitnehmen, nur um noch nicht nach Kopli in unser feuchtes, dunkles Loch zurückgehen zu müssen. „Du lässt dich gehen!" „Na und!" Ainos besserwisserische Art kann mir immer mehr den Buckel runter rutschen. Wozu diskutieren? Sie versteht ja eh nicht, was los ist, will ja ohnehin auch diesen Winter in Kopli bleiben. Punkt. Ausrufezeichen! Fragezeichen? Abschied?! Alles schien gesagt, alles entschieden. Oder gar nichts. Schweigen. Nur die Wellen, fragten eintönig und gleich: gehen, bleiben, gehen? Wir konnten keine gemeinsame Antwort mehr finden. Nichts. Warten. (Worauf?) Endlos langsame Stunden. Bis Aino schließlich im ersten Morgengrauen ein Ruderboot stahl (oder ‚auslieh', wie sie es sagte) und mich fragte: „Kommst du mit?" Ich zögerte, sie ergänzte: „Ich will nur einen Sonnenaufgang ansehen." „Das kannst du doch auch hier!" Meine Antwort rauschte durch ihre Ohren. „Also, willst du oder nicht? Ich fahre!"

Natürlich fuhr ich mit (wie ich ja fast alles tat, was Aino wollte), ihr gegenüber sitzend auf der noch morgentaufeuchten Holzbank vor ihren Augen, wo ich leise ihre kräftigen Ruderschläge zählte: fünfzig, hundert, zweihundert ... Das Land wurde immer kleiner. Dämmriges Dunkel geisterte noch um uns, finster stierte das Meer, leise aufseufzend unter Ainos gleichmäßigen Schlägen ... dreihundert, vierhundertfünfzig ... „Siehst du die Sonne schon?", fragte ich schließlich, nur um irgendetwas zu sagen. „Ich sehe Julija, die Sonne ist hinter meinem Rücken." Aino lachte, ich mit ihr, auch wenn ich wieder einmal nur halb verstand, was sie meinte. Wissend lächelte Aino mir zu: „Warte." Sie hatte aufgehört, das Boot weiter ins Meer hinaus zu treiben, hatte die Ruder eingeholt und war aufgestanden, um sich zu mir zu setzen. Wie still plötzlich das Meer um uns lag, nur ein leichter Windhauch verführte die träge dunkel-grau-blaue Wasserfläche. Minuten, die wir schweigend in die Weite des Horizonts blickten, der fern im Osten einen ersten hellen Streifen Lichts zauberte. Kleine Ewigkeiten. Mich fröstelte ein wenig, hatte ich doch in der Eile des Aufbruchs ein Wärmnis

vergessen ... „Ist dir kalt?" Ich nickte. Wortlos zog Aino
ihren dicken Winterpullover aus und reichte ihn mir.
„Danke, und du?" „Mir ist nicht kalt!" Sie lachte,
richtete sich kerzengerade in die Höhe, warf ihren Kopf
in den Nacken und ließ ihre Haare im Wind spielen.
„Erinnerst du dich noch, damals, die Blumen blühten ..."
Ich weiß nicht, was in diesem Augenblick mit mir
geschah, ob es die Wärme von Ainos Pullover war, der
dämmrige Lichtschein am Horizont, unter dem gerade
die organgerote Feuerkugel der Sonne erwachte, die
Erinnerung an das, was ich damals erlebte, nicht
erlebte ... oder ... Es war, als hätte ich erst jetzt Augen
bekommen: Aino, ihre zarten, doch kräftigen Formen,
die sich unter ihrem viel zu ausgewachsenen T-Shirt
abzeichneten, nein, mir in diesem Augenblick
hervorzubrechen schienen. Ich hatte nie mehr als
Dankbarkeit und Freundschaft für dieses seltsame
Mädchen empfunden; nie, wie nahe wir uns auch
gekommen waren ... und doch ... jetzt ... wie soll ich es
sagen? Plötzlich war es mir, als verstünde ich all die
Typen, die sich Tag um Tag um dieses Mädchen rissen.
Aino, die Königin, die Fee – nein, es gibt keine Worte,
um meine damaligen Gefühle in Worte zu fassen.
Sekundenewigkeiten, in denen mich Aino, ihrer Wirkung
auf mich vollends bewusst, unverhohlen eindeutig ansah,
so als wollte sie sagen: „Du kannst mich haben. Du
musst es nur wollen." Dann striff sie ihr Haarband von
der Hand, sich ihren Pferdeschwanz neu zu binden.
„Kurz vor Sonnenaufgang ist es am Kältesten." Und als
ich nickte. „Aber wir müssen nicht mehr lange warten."
Zentimeter um Zentimeter rückte sie näher. „Bald geht
sie auf." „Wer?" „Die Sonne natürlich." *Feuerball –
langsam schälst du dich aus des Meeres Abgrundtiefe,
eine orangerote Kugel am Horizont, von Minute zu*

Minute heller. Bis unsere Augen deine Helligkeit nicht mehr ertragen können und die Erde suchen ...

Minutenlang folgten wir eng umschlungen dem Aufstieg der Sonne. Aino wartete, nichts kam von ihrer Seite, war sie sich doch mittlerweile ihrer Sache ganz sicher. Bis ich wie von unbewusstem Verlangen getrieben den ersten Schritt wagte, einen zweiten, dritten, weiter immer weiter, als sei ich nicht mehr ich selber ... bis Aino meine Nähe erwiderte ... Aino, ich ... ihre Wärme um mich, meine, Sonne, Feuerball, Licht, das Meer, auf dem unser Boot schaukelte, links, rechts, links, unsere große bauchige Wiege ... Sonnenzauber ... sie wärmte ... verbrannte ... Als sich die breite glitzernde Sonnenstraße auf dem Meer in Weite versenkte, ließen wir voneinander – atemlos aus einer Welt emportauchend, die ich so noch nicht kannte. Ainos Welt, meine, unsere ... Aino-Julija ... „Ich will alles tun, Aino, alles nur lass mich immer bei dir bleiben." Das Mädchen neben mir strich ihren Pullover glatt, faltete ihn, ganz so, als legte sie ihn gleich in einen Kleiderschrank: „Lass' das, du redest jetzt schon so wie die Männer." „Aber ich meine es richtig!" „Wir werden es sehen..." und reichte ihn mir hinüber. „Es ist kalt, lass uns fahren." Und als sie wieder auf der Ruderbank Platz genommen hatte, griff sie nach den Riemen und trieb unsere Boot mit raschen Schlägen zurück in uns sichere Gefilde.

Aino, die Fee, Freundin, Geliebte – ihre harten, undurchdringlichen Züge hatten plötzlich etwas Weiches, Entrücktes, Himmelweitfernes. Ob meine die gleichen Linien führten? Langsam streifte ich wieder ihren Pullover über meine Schultern – ein Schutzpanzer aus Wolle, eine zweite Haut, meine, Ainos. „Du bist

schön wie das Meer und die Sonne." „Du auch, Aino."
Sie lachte, sah einen Moment an sich herunter, lachte
von neuem: „Nein, jetzt nicht mehr: Das macht nur der
Pullover." Ruderschlag auf Ruderschlag. Mir war, als ob
mit jedem von ihnen ein neues Feuer entbrannte. Das
Meer ... die Sonne ... Traum und Wirklichkeit ... eine nur
uns eigene Welt ... nur wir beide ... Wie soll ich es
sagen? Doch mit Tallinns näher und näher rückender
Silhouette verflog auch die Kraft dieser Bilder. Und
Zweifel wuchs, Scham: „Warum hast du das getan,
Aino?" „Was?" „Das." Scheinbar unbeteiligt ruderte sie
weiter. Zehn Ruderschläge, zwanzig ... Schweigen ...
dreißig ... „Weil ich wusste, dass es meine letzte Chance
wäre ... oder auch nicht ... aber das ist eine andere
Sache ..."

*

*Ich habe Aino verlassen. Obwohl ich ihr im Rausch
jenes blutroten Morgens geschworen habe, es niemals zu
tun. Verlassen. Weil sie nicht mit mir in diese andere,
ihr schon viel zu fremd gewordene Welt zurückkehren
wollte. Und ich nicht bleiben konnte. Verraten.
Natürlich sagte sie es nicht, als wir uns ein letztes Mal
umarmten – heftig, voll Leidenschaft und Wärme – und
sie sich umdrehte, um grußlos dorthin zu gehen, wohin
sie gehörte ...*